「あふれる愛」を継いで

米軍ジェット機が娘と孫を奪った

社会福祉法人　和枝福祉会会長
土志田　勇

七つ森書館

「あふれる愛」を継いで

◆…………目次

序文

あふれる愛の志に生きる……早乙女 勝元……11
語りつぐべき人と事件……佐高 信……17
はじめに……25

第一章　和枝が逝った理由……29
第二章　忘れられない事故の日のこと……49
第三章　事故の記録を残そう……95
第四章　和枝との思い出……121
第五章　もう一度、和枝に子どもたちを抱かせてやりたい……151
第六章　和枝の思いを「福祉」に託す……191
第七章　人の温もりにささえられ……219
おわりに……253
土志田和枝　年　譜……257

装幀　平神悦郎
装画　池田文代

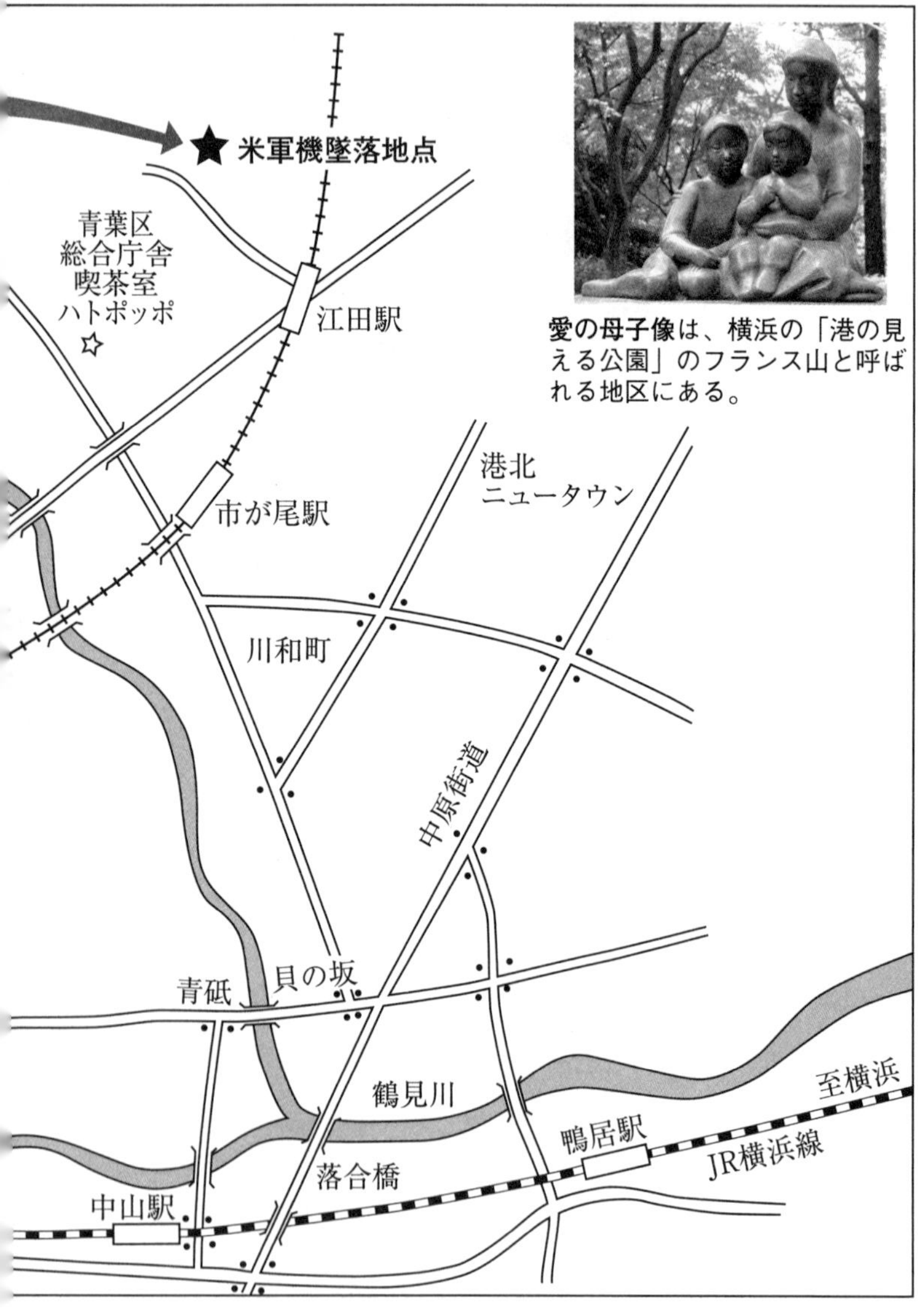

愛の母子像は、横浜の「港の見える公園」のフランス山と呼ばれる地区にある。

のむぎ地域教育
文化センター
平和のバラ園
墜落機飛行経路(推定)
鉄小学校
鴨志田町
寺家ふるさと村
谷本川
こどもの国
こどもの国線
青葉台病院
昭和大学
藤が丘病院
藤が丘駅
青葉台駅
田園都市線
喫茶店
ハトポッポ
恩田川
田奈駅
和枝福祉会
喫茶店ハトポッポ
下台交差点
長津田駅
ハーブガーデン
「和枝園」
和枝碑
十日市場駅
国道246号線

序文

あふれる愛の志に生きる

早乙女　勝元
（作家）

私事で恐縮だが、那覇に嫁いだ娘がいる。子育て中で、孫の顔見たさのカミさんに引きずられて、春先に沖縄を旅してきた。

娘の彼は、沖縄の報道カメラマンで、彼の運転する車で、宜野湾市の沖縄国際大学へ案内された。昨年八月、普天間基地を飛び立った米海兵隊の、大型輸送ヘリが墜落、炎上した跡地である。機の残骸などはすでに片付けられていたが、道路に面したフェンス越しに、真っ黒に焼け焦げた校舎と、崩れた外部階段、回転翼で削られた外壁が屹立している。樹木はなぎ倒されて焼失したらしく、黒焦げの幹だけが、ぽつんと残されているだけ。半年余も経過しているのに、身震いの出るほどの不気味さだった。

直後に駆けつけた彼の話によると、墜落した大型ヘリは全長二十七メートル、兵員三十五人を輸送できる巨大なもので、町のど真ん中に位置する普天間基地所属六十五機のうちの一機。

米軍のイラク派兵のための、飛行点検中に起きた事故だった。沖縄の本土復帰は一九七二年だが、以来、県内で発生した米軍機の墜落事故は、これで四十一件目だという。

「夏休み中で、学生がいなかったからよかったものの、破片やら部品はあちらこちらに落下してましたよ。ほら、道路の向かい側、すぐ鼻先が住宅街でしょ。一歩間違えば大惨事です。それなのに米軍は現場を封鎖して、ぼくらはもちろんのこと、沖縄県警の現場検証もさせませんでした」と、彼がいう。「しかも、同じ型のヘリは、原因究明もそっちのけで、事故から三日もしないうちに、訓練を再開したんですよ」

「ひどい話だ。いつまた、落ちてくるかわからんってことか、真木《まき》の頭の上にも……」

真木というのは孫の名前で、生後八カ月になろうとしている男の子だが、そう口にしたとたん、ふいに横浜緑区（現・青葉区）で起きた米軍機墜落事故を思い出した。あれから何年になるのだろう。……

忘れもしない、一九七七年の九月二十七日のことだった。同じ米海兵隊所属のファントム・ジェット機が、厚木基地を離陸したとたんに火災を発生して、墜落、炎上したのである。二十八年前のことだ。

あの時、全身に大やけどを負って、息を引きとった二人の幼な児、康弘ちゃんは一歳、裕一郎ちゃんは三歳だった。もし事故がなければ、二十代の後半から三十代になっていたはず。康弘ちゃんは、わが家の孫と数カ月しか違わなかったわけで、そう考えると、痛ましさが改めてよみがえってきた。実感をともなって、胸に迫ってきたといってよい。

歳月は経過したが、米軍基地をめぐる「ひどい話」は、今も昔も変わりなく続いている。緑区の事件の場合、米軍からの連絡ですぐにやってきた自衛隊救難ヘリは、血だるまの被災者よりも、パラシュートで降下した無傷の米兵だけを乗せて、飛び立ってしまった。重傷の幼な児たちを、すぐに病院に運べば助かったかもしれないのに。

また、厚木基地の米軍は、墜落現場の秘密を知られまいと、警官や人びとを閉め出し、エンジンその他の部品を、すべて基地内へ移送した。直接の加害者である二人の米兵は、名前はわかっているものの、いつのまにか帰国してしまい、以後なんの処分も受けていないし、「とうと詫びの一言もなかった」（本書二三六ページ）という。

幼な児たちの母親である和枝さんは、これまた重傷で、一カ月以上も危篤状態が続く。

全身八割近くにも及んだ火傷に、くりかえし皮膚移植手術がおこなわれたが、二人の愛児の死を知らされたのは、事件から一年四カ月も過ぎてから。ようやく治療が一段落して、精神的な落ち着きが見られるようになったからだが、父親の土志田《どしだ》勇《いさむ》さんらが、その事実を伝えるくだりは、読んでいて、思わず息が詰まるような記述になっている。

「もう一度、この胸の中に、裕ちゃんと康ちゃんをしっかり抱きしめてやりたかった」

和枝さんのつぶやきは、抱きしめさせてやりたかった実父の、痛切な願いであっただろう。子どもの分まで生きる、と決意した和枝さんが、防衛施設局の斡旋で、転院した精神病関係の療養所で死亡したのは、一九八二年一月末のこと。三十一歳だった。元気になりかけていたのに、まったく唐突な、土志田さんにしてみれば、「納得させる答え」なしの最期だった。

事件の経過を追いかけて、決して平和とはいえないこの国の現実を知らせるべく、絵本『パパ ママ バイバイ』（日本図書センター）の一冊を書いた私は、和枝さんの訃報に打ちのめされた。心のどこかに、底深い穴があいたようだった。部外者でもそうなのだから、遺族の方たちの心境はどんなであろうかと、気をとり直して、和枝さんの通夜に出向いた。

寒気の鋭い夜で、焼香の列は長かった。祭壇の和枝さんのさわやかな笑顔は美しく、平和そのものだったが、そんな悲痛な時にまで、読経の声を圧するかのように、米軍機の爆音が頭上に響いていた。ここはアメリカでなくて、日本という独立国のはず。在日米軍は一体何様のつもりなのかと、腹にすえかねたのを、忘れることができない。

土志田さんは、和枝さんが死んだ時に、三つの約束をしたという。①事故の記録を残すこと、②母子像を建立すること、③福祉の仕事をおこなうこと、である。

それから、生きたくても生きられなかった娘の志を受け継いだ父親の活躍が始まる。それは本書の後半になるが、まさに獅子奮迅のという形容が当てはまる。横浜市中区の港の見える丘公園に、「海が見たい」といっていた和枝さんの思いを汲んだ母子像建立に奔走する。しかし、台座に刻むはずだった「和枝さんの愛の母子像」は、市の要請によって「和枝さん」を、さらに「あふれる愛をこの子らに」から、「この」が削られてしまった。

土志田さんにとっては、きわめて不本意なものだったろう。しかし、氏はめげなかった。社会福祉法人「和枝福祉会」を立ち上げ、さらに福祉事業を次つぎと拡大して、ハーブガーデン「和枝園」の花々に囲まれたなかに、今度こそ、事実関係を明記した和枝さんの慰霊碑を建立した。

「……心より母の愛の尊さをたたえ永遠に平和であらんことを願うものなり」

いのちの基本である平和を、「永遠に」と結んだのを注目したい。

人の一生には、予想もつかぬトラブルや、突然の悲劇に見舞われることがある。土志田さんにとって、二人の孫と最愛の娘を、文字通り降って湧いたような事件で失ったことは、限りないほどの不幸でマイナスだったが、この人は、そのマイナスをみごとにプラスに転化したといえる。声なき声で、その後押しをしたのが、この世にいない娘だったのだ。

「和枝のことがなければ、生花店の経営者としてそれなりに満足な人生を送ったことと思いますが、これほど、人の温もりに接することはなかったのではないだろうか」「和枝の教えを、私は自分の心に刻むだけでなく、世の中に伝えなければと、ずっと走ってきたように思います」という著者の述懐には、思わず頭が下がった。横浜の米軍機墜落事故に関するさまざまな記録を読んではきたが、そのほとんどは、もはや知る人ぞ知るものとなった。本書は事件をこんにちの視点で見つめなおす意義に加えて、人間の生きかたと、その尊厳にまで、鋭い一矢を放ったように思われる。

私が土志田さんと再会し、親しくお話できたのは、民間募金で建設された「東京大空襲・戦災資料センター」（江東区北砂一―五）の開館日で、三年前のことだった。私は館長役で接待に追われていたが、氏はわざわざ横浜から駆けつけてくれたのである。

「和枝が残した日記や記録など、いろいろありますのでね。和枝資料館があったら、と思っているのですよ」

「そうですか。それはいいことです。ぜひぜひ進めてください。私どもの館もそうですが、やればできるのですから」

と、答えたのを、覚えている。

土志田さんの夢が、本書の刊行を契機にして結実することを、期待せずにはいられない。その声を声につなげ、心を心に結んで。……

語りつぐべき人と事件

佐高　信
（評論家）

愛は悲劇によってしか刻印されないものなのか。娘と孫を襲ったこれ以上ない惨劇から二十八年。その受難を改めて綴る父のペンは悲しいまでに冴え渡り、読者の血涙を誘う。

私は二十七年目の二〇〇四年に『サンデー毎日』のコラム「佐高信の政経外科」で、二度、天国の土志田和枝さんに宛てて手紙を書いた。最初は「愛の母子像へ」という形でである。それを次に引く。

横浜の「港の見える丘公園」のフランス山にある「愛の母子像」は「あふれる愛を子らに」と書いてあるだけで、何の説明もなく、通り過ぎる人も何の像かわからないという感じでした。裏にも「寄贈者　土志田勇　昭和60年1月17日　山本正道作」としか書かれていません。

一九七七年九月二十七日の午後一時過ぎ、横須賀の米軍基地から出航する空母ミッドウェーを追って、厚木基地から飛び立ったファントム・戦術偵察機が横浜市緑区荏田町（現在の青葉区荏田北）に墜落し、五棟の家屋が全半焼するなど、九人の死傷者が出ました。あなた方はその犠牲者ですね。

この間、沖縄の普天間基地に隣接する沖縄国際大に米軍ヘリが落ち、何日か経って重い腰をあげた自民党の政調会長は「怪我人が出なくてよかった」という意味のことを言いましたが、あなた方のことはとうに記憶から消え去っているのでしょう。もちろん、同じ神奈川県出身の小泉首相の頭にもないと思います。

私はいま、あなた方のことを書いた早乙女勝元原作のアニメ絵本『パパ　ママ　バイバイ』（草土文化）を横に置いて、これを書いています。

ここに登場する三歳のユー君と一歳のヤス君はすぐに亡くなりました。「母子像」の寄贈者の土志田さんの孫ですね。

「痛いよ……熱いよう……」

全身に包帯を巻かれたユー君は苦しさに暴れ、

「お水ちょうだい……ジュースちょうだい」

と繰り返しました。

「いまは、あげられないんだよ……お水飲むと、もっと苦しくなるのよ」

泣きながら、こう言わなければならなかったおばあちゃんの辛さはいかばかりだったでしょう。そして、

「パパ……ママ……バイバイ」

と呟いてユー君は亡くなりました。

ようやくカタコトが言えるようになったヤス君はユー君の後を追って、

「ポッ……ポッ……ポ……」

と鳩ぽっぽの歌を歌いながら亡くなったのです。

あれから二十七年経って、状況はまったく変わっていません。あの時、米軍の飛行士二人は無事に落下傘で降り、何の罰も受けずにアメリカに帰りました。米軍は事故原因の証拠品であるエンジンなどをすばやく基地に運び、日本の警察などにはまったく手を触れさせませんでした。それどころか、海上自衛隊のヘリコプターは米軍飛行士の救助を真っ先にやり、あなた方を救うはずの日本の救急車は一番後に来たといわれます。

ママの和枝さんは体の皮膚の八割近くも焼かれ、全国の千人以上の人から皮膚の提供の申し出を受けて六十回もの手術を繰り返し、何とか命をとりとめました。しかし、最初は隠されていたわが子の死を知った悲しみを想像することはできません。

その後、パパとは離婚することになり、土志田姓に戻ったママは当然のことながら、米

軍に対して無力な国を強く批判します。そして、一九八二年一月二十六日、格子のある病院で三十一歳の短い生涯を終えたのですが、今度の沖縄の事件で、どれだけの人があなた方のことを思い出したでしょうか。

あなた方の信じられないような悲劇に対して、少しでも安らかに成仏をと願うなら、日本から米軍基地をなくすしかありませんね。沖縄をはじめ、米軍はいままでにたくさんの悲劇を生んでいますが、それで何を守っているというのでしょうか。

そして私は一週おいて、また、土志田和枝さんへの手紙を書いた。

一九七七年九月二十七日、米軍機の墜落によって二人の稚な児を亡くし、自身も全身に火傷を負って、五年後の一月二十六日に三十一歳で昇天したあなたの無念を新たにする集会が、今年も横浜市緑区の公会堂で開かれましたよ。私も参加して、あなたの書いた『あふれる愛に』（新声社）を求めてきました。

その日講演した「戦争屋にだまされない厭戦庶民の会」の信太正道さんは、かつて、特攻隊員であり、戦後は日本航空の機長をした人ですが、ちょっと飛べばすぐに海があるのにパイロットが自分だけは助かろうとパラシュートで脱出したのは信じられないほどの技量未熟だと怒っていました。広島、長崎に原爆を落としたパイロットと同じように、そこに日本の市民が住んでいるという感覚がないからでもあるでしょう。

また、信太さんは、多くの日本人がこの重大な事故を忘れてしまっているのは、翌九月二十八日に日本赤軍によって日航機がハイジャックされ、赤軍兵士ら六人が釈放されるまで世間の耳目はそちらに注がれたからだろうとも言っていました。たしかに、たとえば毎日新聞社刊の「シリーズ20世紀の記憶」の一九七六—一九八八『かい人21面相の時代』にも墜落事件のことはまったく出てきません。しかし、語り継がなければならない事件であり、あなたのような悲劇に遭遇する危険は、いま現在、私たちにもあるということですね。

この墜落事故による被害者は、当時次のように報じられました。

〈中略〉

あなたの手記にはこうあります。

「地上に降り立った（ファントム機のパイロット）二人は、ほとんどケガらしいケガもなく、約二十分後に海上自衛隊のヘリコプターに収容され、厚木基地に運ばれた。五人の重傷者を出すという大惨事のさなか、自衛隊が活動したのは、実にこの二人のパイロットの救助にだけだったのである。米軍関係者が現場に到着したのは、事故から一時間もたった（午後）二時二十分ころであった。その後マイクロバスやヘリコプターが到着したが、米兵たちがまず行なったことは、被害者の救出や被害状況の調査、ではなく周辺の人たちを事故現場から閉め出すことだった。怒りにふるえる人たちに、彼らはニヤニヤしながらVサインを出してみせたりした」

あなたの子ども二人が翌朝までに亡くなった後、あなたの夫の妹が危篤状態に陥りました。そのとき、夫は当時の防衛庁長官に目を血走らせて食ってかかったということです。

「子ども二人を殺しておいて、このうえ三人目の妹まで殺したら承知しない。あんたが命令すれば、妹は日本全国、どんないい病院へだって入れられるはずじゃないか」

すさまじい闘病生活を支えた夫に、あなたはある時、こう言ったそうですね。

「パパ、私もカーター大統領からファントムを一機もらおうかしら。そしてアメリカにそれを落としてやるの」

その後あなたは離婚し、土志田姓に戻るわけですが、私はその経緯を尋ねようとは思いません。ただただ、アメリカに対してあまりに弱腰な日本政府に憤激を強めるだけです。

多分、何度も目を真っ赤にしながら、それでも激情に流されずにこの手記を綴ったと思われる土志田勇さんに、私はただただ頭を下げたい。

これは言うまでもなく、亡き娘との共著である。

「あふれる愛」を継いで

米軍ジェット機が娘と孫を奪った

はじめに

米軍ジェット機が、娘和枝と幼い二人の孫の頭上に墜落してきたのは、昭和五十二（一九七七）年九月二十七日のことでした。

その日を境に、それまで平凡だが、仲良く楽しく暮らしていた和枝たち家族は、言葉では言い表せないほどつらく苦しい運命をたどることになりました。

三歳の裕一郎と一歳の康弘は、全身大やけどで、「いたいよ、いたいよ」と言いながら、事故の翌日、天に召されていきました。

和枝もまた、壮絶なやけどとの闘い……、数十回に及ぶ皮膚移植手術を受け、硝酸銀の痛くてつらい薬浴治療を受けました。二人の子どもを亡くしたうえ、あの不自由な体で離婚をすることとなり、世の中の不幸を一身に背負ったような四年と四カ月。とうとう、幸せになることなく子どもたちの元へ旅立っていったのです。

和枝が逝って二十三年。

長かったようで、あっという間だったような気もします。

いろいろなことがありました。

米軍ジェット機墜落という恐ろしい事故がなければ、私は生花店の経営者として、それなりに幸せな人生を送ったことだろう、と思います。

思いもしない道を歩んできました。

平成八（一九九六）年から四年間、和枝の遺志を継ぎ、社会福祉法人「和枝福祉会」の理事長を務めていました。現在は年齢も八十歳となり、会長職におります。国から支払われた和枝の賠償金を元にして設立した知的障害者通所授産施設「愛」の運営に参画しています。六十人の入所者が将来の自立に向けて職業訓練を受ける場です。

理事会がある日などは「愛」へ行き、その他の日も打ち合わせや会合に出席するなどしていますが、家にいる日は、昼前から夕方までは、妻と弁当持ちで、ハーブガーデン「和枝園」へ行くのが日課です。「和枝園」には百種以上のハーブを植えているため、手入れに追われます。一部を「愛」の分場としていますので、毎日、十五人の入所者もやってきていっしょに作業に励みます。二十代の若者たち。彼らは、私をみつけるとにこにこしながら声をかけてきてくれます。

「ハーブ園のおじさん!」

「ハーブ園の先生!」

私は指導する立場ではないので、彼らにとって気楽な存在なのかもしれません。

「今日の仕事はきついから、もうやめようよ」

くったくのない笑顔を向けます。

「それは指導員の先生に言いなさい」

私も笑いながら答えます。

私には、大やけどと闘い抜いた和枝ほどには、障害を背負う彼らの気持ちを理解することはできないかもしれませんが、「和枝だったらどうするだろう……」といつも考えながら、一人ひとりの入所者と接するようにしています。

私にとってあの米軍ジェット機墜落事故は思い出すのもおぞましい、できることなら記憶から抹消してしまいたい出来事です。けれども、二度とおなじ悲劇を繰り返さないためにも、そして必死で生きようとした和枝のためにも、目を背けず、語り継いでいくことが父親である私の使命だと思うのです。

私はこの二十三年間、和枝に代わり、和枝の希望を一つずつ実現してきました。

そのことを、ぜひとも和枝に知らせたい。

そして、和枝と私を支援してくださった多くの方がたにもご報告させていただきたいのです。

第一章

和枝が逝った理由

助けてやりたかった

昭和五十七（一九八二）年一月二十六日午前四時すぎ。

吐く息がまっ白になる寒い日でした。

暗い闇のなか、私は、遺体搬送車の助手席に乗り込みました。自宅に向かいます。

後部座席には物言わぬ娘和枝が横たわっています。

和枝の顔は白い布でおおわれています。


なぜ、和枝は死ななければならなかったのだろう。

四年と四カ月前、厚木基地を飛び立った米軍ジェット機が火を吹きながら墜落。よりにもよって和枝たちの家の上に落ちてきたのです。全身に大やけどを負った和枝。危篤におちいりながらもつらい治療を乗り越え、ようやく回復の目途も立っていたというのに。

なぜ、どうして、この言葉を何千回、いや、何万回、発しても、私には自分自身を納得させる答えをみつけることはできません。

国立武蔵療養所（東京都小平市、現国立精神・神経センター武蔵病院）での二日間の出来事が頭のなかをぐるぐる駆けまわります。

「お父さん、呼吸が苦しい、助けて」

和枝がそう言って、私の手をぎゅっと握りしめたのは、わずか三十時間ほど前のことでした。

「なんとかしてよ、お父さん」

すがるような目で私を見つめていました。

それなのに、私は和枝を助けてやることはできなかった。

カニューレを入れてください

病院から和枝の容態が悪いと連絡が入ったのは、和枝が亡くなる二日前の一月二十四日でした。

「和枝さんが、のどが苦しいから、お父さんにすぐに来てほしいと言っています」

私が和枝の入院先の国立武蔵療養所に着いたのは夕方六時ごろです。

和枝の顔を見るまでは、それほど心配していませんでした。三日前に訪れたときは、とても元気にしていたからです。約束した着物を持って行くと、袖を通してはしゃいでいました。

その翌日、つまりおとといの一月二十二日には自然呼吸をできるようにと、カニューレが抜かれたそうです。カニューレとは、のどの表皮から切開し、気管に管を入れて酸素を吸入したり痰を吸引したりするものです。和枝はやけどの治療で度重なる皮膚移植の手術を受けていたときに麻酔の管でのどを傷めてしまったようです。事故発生から八カ月したころからほとんどの時期をカニューレをつけてすごしてきたのです。

カニューレが抜かれた報告は昨日、病院を訪れた横浜防衛施設局の職員からありました。防衛施設局とは、防衛庁の下部組織に当たります。米軍基地の管理はここで行っており、厚木基地の場合は、横浜防衛施設局の管轄なので、事故以来、病院との交渉、事務処理などは一括して行い、和枝のところにもたびたび通ってくれていました。

和枝の入院している国立武蔵療養所は精神科だけの単科病院です。のどのカニューレをはずすのは耳鼻咽喉科の処置なので、ふと不安も感じましたが、以前の入院先、昭和大学藤が丘病院でお世話になった耳鼻咽喉科の先生が抜いたと聞き、安心しました。出張してくれたようです。和枝は声を出しやすくなり、元気にしていたと聞き、私は退院も近いなと、うれしく思っていた矢先でした。

ところが、病室に入ったとたん、驚きました。

和枝は肩を大きくゆすって、あえいでいるではありませんか。好物の寿司を持って行きましたが、手をつけることもできません。ただ苦しいと言います。

前々日、カニューレを抜いたのがいけなかったのではないだろうか。

和枝もおなじ考えでした。

「お昼ごろ、看護師さんに、もう一度カニューレを入れてくれるよう、主治医の先生に頼んでもらったけれど、だめなんだって」

和枝はつらそうな顔で言います。

こんなに苦しがっているのに、なぜなんだ。

なんとかしなければ。カニューレをはずした先生がわかっていたので、本人に聞いてみようと、とっさに思いました。日曜日のため、和枝の手帳の住所録から先生の自宅の電話番号をみつけ、療養所の玄関横の公衆電話に急ぎました。

「それほど苦しんでいるなら、もう一度カニューレを入れてもらってください。私はそちらの病院の主治医から抜くように言われたから抜いただけですよ」

と先生。「言われたから抜いただけ」という言葉に一瞬、ムッとしましたが、文句を言う余裕なんかありません。とにかく、入れられればそれでいい。抜いた本人が入れていいと言うのだから、これで和枝は楽になれる。すぐに病室にもどって和枝に報告してから、ナースステーションに向かいました。

しかし、当直の医師も看護師も、とりあってくれません。

「わかりました。明朝、主治医に報告します」

あくまでも主治医の判断が必要だと言うのです。とりつくしまもありません。病室の和枝のところにもどりました。

「明日まで、がんばれないかい」

「明日までは待てない」

和枝のあらい息づかいを聞き、私はいてもたってもいられません。再度、ナースステーションに行きました。看護師さんに、

「とにかく診察していただけませんか」と頼みました。

しかし、看護師さんは、

「夜の巡回時に行いますので、それまで待ってください」

和枝がこれほど苦しがっているのに、「待て」というのです。

和枝の病室にもどろうとしたところ、看護師さんにつかまりました。

「心配いりませんから、今日はお帰りください」

看護師さんは、私といっしょに病室に入ると、和枝にも言いました。

「もうお父さんには帰ってもらってください」

けれども、和枝はうなずきません。「お父さん、帰らないで」目で私に訴えます。看護師さんが病室を出ると和枝はこんなことを言い出しました。

「お父さん、私が死んだら悲しむ?」

なにを縁起でもないことを言うのだろう。こんなことを言うのは初めてでした。いまから思えば、あまりの苦しさに、自分自身の死期を察知していたのかもしれません。

「馬鹿なことを言うんじゃない。巡回のときに先生に頼んであげるからがんばるんだよ。元気を出しなさい」

「変なことを言ってしまってごめんね」

しかし、和枝の容態は悪くなるいっぽうです。うなされるように言います。

「子どもたちのところへ行きたい。お母さんに会いたい」

天国の家族を思い出すほど苦しいのだろうか。

夜八時二十分になってようやく当直医が巡回にやってきました。診察。

「呼吸困難には絶対にならないからだいじょうぶです。いったん取ったカニューレをまた入れると、なかなか治りません。カニューレをはずしたときは、どの患者さんでも苦しいような気がするものです。気分的なものですから、がまんしなさい」

そんな……。

私は事故以来、ずっと和枝の様子を見てきたのです。そのうえで、いまの状態はただごとではない、と感じるのです。気分的なものであるわけがない。

「主治医の許可なく私がカニューレを入れることはできません。明日の朝、先生が出てきたら相談してみましょう」

和枝は睡眠薬のような錠剤を飲まされ、うつらうつらし始めました。

「本人には告げずに帰りますので、よろしくお願いします」

そう言いましたが、病院を出ても、気になってしかたありません。

外に出ても、しばらく三階の和枝の病室のほうを見上げていたのですが、やがて帰路につきました。九時になっていました。

帰り道、お腹が空いていたことを思いだし食堂に立ち寄って家に着いたのは十時すぎでした。

玄関のドアを開けると、長男の妻、ツヤ子が血相を変えて、待ち構えていました。

「和枝さんが危篤だと病院から連絡です。お母さんたちは十五分ほど前に出ていきました」

えっ。そんなばかな。あれからまだ一時間しかたっていないではないか。

ただちに、タクシーを呼び、国立武蔵療養所にもどりました。

息を吹き返しておくれ

タクシーが病院に着くと、先に家を出た妻と長男もちょうど着いたところで、三人で病室に走りました。

すでに和枝の意識はありません。しばらくして主治医から説明がありました。

「呼吸は止まっていますが、心臓は動いています。できるだけのことは一生懸命しています」

心臓マッサージが行われていました。どうか、和枝の命を助けてください。

二十四日が終わり、二十五日の午前二時半ころ、和枝は集中管理室に移されました。人工肺のコツコツという音がいまでも忘れられません。和枝はなにも言わず、横たわっているだけです。

それでも、いつか息を吹き返してくれると信じていました。この四年と四カ月の間、和枝は「奇跡だ」と言われつつ、何度も死の縁をさまよいながらも、頑張って生きてきたのです。二人の子の分もと必死で生きてきたのです。

死ぬはずがない。

きっとまた「奇跡」が起こるに違いない。

二十五日の午後三時すぎです。昭和大学藤が丘病院の先生が国立武蔵療養所に来て、説明がなされました。

「呼吸が止まってからごくわずかの時間に回復させせないと脳が侵され、植物人間になってしまいます。いずれにせよ、もはや回復の見込みはありません」

回復の見込みはない。

和枝の死を宣告する言葉でした。和枝はこのまま意識をもどすことなく死んでいくのだと、そのとき、初めて認識しました。体から力が失せ、私は柱につかまって立っているのがやっとでした。

それ以降、どのように時間が経過していったのかはよく覚えていません。

事故からのことが、頭のなかをぐるぐる駆け巡っていたように思います。どれくらいの時間が経ったでしょう。いつの間にか半日がすぎ……。

とうとう奇跡は起こってはくれないまま、和枝の死亡が確認されました。

昭和五十七（一九八二）年一月二十六日午前一時四十五分。

死因は心因性の呼吸困難。

なにが起きているのか、現実を受け入れることができません。呆然としている間に、和枝は霊安室に移されました。周囲は通夜だ、葬式だとざわざわしていましたが、私はなにもできません。

われに返ったときには、和枝の遺体を乗せた車のなかに座っていました。

どうして、私は和枝の命を救ってやることができなかったのだろう。

和枝の顔が、表情がつぎつぎに思い出されます。

やけどの治療に耐えた和枝。

子どもを亡くし失意の底にいた和枝。

いつか福祉の仕事をいっしょにしようね、と言った和枝。

なぜ、死んだ。なぜいま、和枝は死ななくてはならなかったのか。

そもそもおかしいのです。なぜカニューレを挿入している和枝が、耳鼻咽喉科も内科もない精神科だけの国立武蔵療養所に入らなければならなかったのか。

私があれほどカニューレを入れて欲しいと頼んだのに、入れてくれなかったことが間違いだったのだ。

転院勧告を受けたこと

忘れません。

和枝が死ぬ前の年の十一月の終わりでした。昭和大学藤が丘病院の整形外科の先生から呼び出されました。行くとこんなことを言うのです。

「和枝さんを一度、精神科でみてもらうことをおすすめします」

驚きました。

なぜ、和枝が精神科に行かなければいけないのか。しかも昭和大学の精神科は満床だから入ることはできないというのです。実質的な転院勧告でした。

和枝にも行きすぎた行為があったでしょう。病院の待合室で大勢のひとびとに向かって叫ぶようなこともあったと聞いています。

「この病院は誤診をしますよー」

いろいろな行動が病院側に、和枝を転院させてしまおうと思わせる原因になったのかもしれません。でも、あれは心理療法を取り入れたリハビリがきつくて、いらだっていただけなのです。

病院を去るタイムリミットを告げられました。

私は必死で受け入れてくれる病院を探しましたが、どこも満床だと断られた。横浜防衛施設局に泣きつくように頼んで、やっと見つけてもらった病院が国立武蔵療養所だったのです。

国立武蔵療養所に連れていったときの和枝の嫌がる様子が忘れられません。窓には鉄格子がはめられ、フロアからは勝手には出られないように、鍵がかけられていました。

「なによ、ここ」、和枝は落胆したような表情でつぶやきました。

しかし和枝はそれでも我慢しました。

和枝は、一日も早く退院したいと考えたのだと思います。先生や看護師さんの言うことをよく聞き、食事もしっかり食べていました。

が結局、和枝は二度と退院することなく、命を落としてしまった。

わずか三十一年と一カ月の短い生涯。これは和枝の寿命なんかじゃない。

米軍ジェット機さえ墜落してこなければ……。

和枝を守ってあげられなかったお父さんを許してほしい。

忘れられない墜落事故の日……

和枝にはなんの落ち度もありませんでした。

それなのに、突然、米軍ジェット機が頭から降ってきて、二人の子どもを奪われた。それでも、四年と四カ月、耐えて生きてきたのです。

忘れたくとも忘れることはできません。あの日の出来事。

あのおぞましい事故さえなければ、いまも和枝は家族に囲まれて幸せに暮らしていたはずなのです。

1977年9月27日、厚木飛行場を離陸直後のRF−4Bファントム戦術偵察機611号機。左側の噴気口から異常に炎が噴き出している。

午後1時20分ころ、炎上するRF-4Bファントム戦術偵察機611号機。
墜落地点手前2.2kmの鉄《くろがね》小学校校庭から撮影。

第二章

忘れられない事故の日のこと

昭和五十二（一九七七）年九月二十七日、九月も末だというのに汗ばむような暑い日でした。

私が事故の一報を聞いたのは、いつものように車で生花市場から店へ向かっている途中でした……。


私が和枝のあふれんばかりの愛を引き継ぎ、いくつかの事業を実現させてきた発端のすべては、あの日の出来事にあります。あの事故がなければ、和枝も孫たちも、私もまったく違った人生を歩んだことでしょう。

私が和枝に代わって成してきたことのご報告をさせていただく前に、あのおぞましいしい事故について、知っていただきたいのです。

事故当日のこと、そして孫たちの死については、和枝が逝ってから四カ月後の昭和五十七（一九八二）年五月に単行本となった『あふれる愛に』（新声社）に詳しく記録されています。すでに廃刊となっておりますので、若干の修正を加え、ここに再録させていただきます。

『あふれる愛に』を出版に至った経緯は、第三章に記させていただきます。

のどかな昼さがりに

昭和五十二（一九七七）年、九月二十七日。夏の名残りを感じさせるような、汗ばむ暑さだった。

この日、和枝の夫は、植木部の会合に出席するため、お昼ちょっとすぎに歩いて家を出た。会合の場所は、自宅から一キロほど離れた寿司屋の二階。昼食は先方に用意されているとのことで、食べずに出かけた。

家に残ったのは、夫の母、夫の妹、和枝、そして息子の裕一郎と康弘の五人。

昼食後、買い物に行くという夫の母を、和枝が車で駅まで送ることになり、車には長男の裕一郎もいっしょに乗って出かけた。その帰りにアイスクリームを買って、和枝と裕一郎は家にもどった。

子どもたちは、買ってきたアイスクリームを食べながら、八畳の茶の間でテレビを見ていた。和枝と夫の妹さんは、二人で昼食の後片づけをしたあと、ひと休みしようと茶の間に移った。二人はテーブルをはさんで向かいあい、おしゃべりを始めた。彼女は十二月に結婚することになっていた。話すことは、いくらでもあった。お料理のことや、十月から和枝が通うことになっている魚菜《ぎょさい》学園のことが話題にのぼった。

そのかたわらで、子どもたちはキャッキャと騒いでいる。いつもとおなじ、平和な昼さがりだった。

ふっと話がとだえ、妹さんが、

「押し入れのなかの物を片づけなくちゃ」

と、振り返った。そのときである。

〝バリッ！〟

という大きな音がした。ちょうど大木が倒れるときのような音だった。

「なにかしら？」

二人は顔を見あわせて首をかしげ、音のしたほうへ振り向いた。彼女が窓のところへ見にいこうとした。

と、一瞬、部屋のなかが真っ暗になった。

そのとたん、爆風が部屋を突き抜けた。子どもたちはテレビの前からハネ飛ばされ、彼女は飛ばされてきた置時計に背中を打たれ気を失った。

和枝は、意識こそはっきりしていたものの、とっさにはなにが起きたのか理解できなかった。

ハッとわれに返って部屋のなかを見まわすと、妹さんと子どもたちが血まみれで倒れている。

しかも窓ガラスは破れ、どうしたことか部屋のなかは柱からなにから真っ黒に焼け焦げていた。それほどの熱風が、一瞬のうちに部屋を吹き抜けていったのである。

とにかく外に出なければならない。和枝は、倒れている妹さんをゆり動かし、テーブルの下まで飛ばされていた康弘を抱きあげ、はだしで外にとび出した。庭を横切り、垣根をぬけ、石垣をとびおりて二メートル下の畑に立った。そして康弘を地面におろして初めて、自分の衣服に火がついていることに気づき、あわてて脱ぎ捨てた。

妹さんが意識をとりもどしたのは、和枝が部屋を出た直後だった。

気がつくと、テレビを見ていたはずの裕一郎が、押し入れの前にあお向けに倒れており、

「ママ、ママ」

と弱々しく呼んでいる。

ついていたはずのテレビは消えている。

「ユウちゃん、どうしたの?」

近寄ってみると、裕一郎は血まみれだった。

ハッと自分の姿を見ると、彼女自身も血だらけになっている。しかも着ていた服は黒焦げで、皮膚も焼けただれている。しかしなぜか熱さは感じなかったし、部屋のどこにも火はついていなかった。

「ユウちゃん、だいじょうぶよ。おばちゃんが助けてあげる」

そう言って裕一郎を抱きあげ、外に出た。割れて散乱する窓ガラスが、足の下でギチギチと音をたてた。

まず、庭にある土蔵の横に逃げた。振り返ってみると、家の二階に火がついて、ゴウゴウと燃えている。ここも危ない——とあたりを見まわすと、畑に和枝が立っているのが目に入った。と同時に、庭に置いてあるプロパンガスのボンベのことが頭をかすめた。

（あっ、プロパンが爆発するかもしれない。お姉さんのほうへ行かなくちゃ）

とっさにそう思って垣根をのり越え、裕一郎を抱いて石垣から畑におりた。そのすぐ後に、プロパンガスが爆発した——。


和枝宅からおよそ四百五十メートル離れたところに、造園会社の事務所がある。この会社に奥さんとともに勤めていた川村春雄さんは、このとき事務所の二階で打ち合わせをしていた。

そこへ、すさまじい爆発音がとどろいた。つづいて階下で、

「飛行機が落ちたぞーっ！」

と叫ぶ声を聞き、川村さんは窓にかけよった。そして、和枝宅から黒煙とともに火柱が三十メートルもあがるのを見た。

事務所から和枝宅までは、走って五分たらずである。すぐさま駆けつけた川村さんは、家の前の畑のなかに、和枝、妹さん、そして裕一郎と康弘の四人が立っているのを見つけた。和枝を見たとき、川村さんには最初、それが男なのか女なのか見分けがつかなかった。和枝の顔も手足も、火傷と血でどす黒くなっていたからである。髪はパーマをかけたように焼けちぢれ、上着は燃え落ちて下着姿だった。

救急車を待つ時間はなかった。妹さんと子どもたちのほうは、つづいて駆けつけた人たちにまかせ、川村さんは和枝の救助にあたった。

まず、いっしょに来た奥さんの前かけをかりて、和枝の体をくるんだ。そして、おなじく駆けつけていた、近くの東急建設小黒《おぐろ》作業所員の車に乗せようと、足首をつかんで持ちあげた。そのとたんにズルッと皮膚がむけた。それほどひどい火傷だった――。

病院へ向かう車のなかで、和枝は、やけどの痛みにうめきながらも、付き添っていた川村さんに何度も子どもたちの安否をたずねた。

妻や子が家のなかに

和枝の夫は、会合場所の寿司屋の二階で爆発音を聞いた。音と同時にグラグラと地響きが伝わって来た。

「なんだ？　地震か？」

会合に出席していた仲間は、みな口々に叫びながら、窓のところに駆けよった。見ると江田駅の方向にモウモウと立ちのぼる黒煙。それが、まるでキノコ雲のように空に舞いあがっていく。

江田駅の南には、東名高速道路が走っている。とっさに、

（東名高速でタンクローリー車でも爆発したのかな？）

そう思った。

そして、見に行こうとする仲間を呼びとめた。会合を済ませてしまうことが先決だ、と考えたからである。

ところが、それからしばらくして、近くにある親戚の娘さんが寿司屋にとびこんできた。彼の家に飛行機が落ちた、というのである。

「なにっ」

ギョッとして立ちあがった。次の瞬間には、ダダダッと階段を駆けおりていた。母親が出かけることは知っていた。しかし家にはまだ、和枝が、妹が、そして子どもたちがいるはずだった。考えている余裕はなかった。

仲間の車に乗せてもらい、家の近くまで来た。ところが、あと二百メートルというところまで来ていながら、何百人というヤジ馬の人垣にはばまれて、それ以上すすむことができない。やむなく車をおりて、家までの坂道を人込みをかきわけながら駆けのぼった。

すさまじい黒煙をあげて、家は燃えさかっていた。消防車がぞくぞくと到着する。すでに棟が焼け落ちる寸前まで達していた。

「女房や子どもがなかにいるんだァ！」

なんとしても助けなければならない。死にもの狂いで、燃えさかる火のなかにとびこんでいこうとした。

「あぶない、やめろっ！」

とたんに周囲の人に手足をつかまれて、道路に押さえつけられた。そのとき、

「奥さんや子どもたちは、たったいま車で病院へ運んだぞ」

そう知らせてくれたのは、東急建設小黒作業所の人だった。

（ありがたい）

その場は消防隊や近所の人に頼み、彼は車に乗せてもらい、まず子どもたちが運ばれたという青葉台病院へ向かった。

江田駅から西へ三つ目の青葉台駅前に、私の経営する生花店がある。

この日、午後一時を少しまわったころ、私は青葉台へ向けて車を走らせていた。神奈川生花市場へ花の仕入れに出かけての帰りだった。

青葉台から四キロほど手前、川和町の交差点で信号待ちをしていたときである。神奈川県警のパトカーが数台つづいて、サイレンを鳴らしながら私の車を追い抜いていった。

(なにかあったのかな?)

とは思ったものの、そのときは、さして気にもとめなかった。

さらに三キロほど走ったしらとり台付近で、カーラジオから流れてくる臨時ニュースを耳にした。

〝〇〇〇〇〇さん宅に米軍のジェット機が墜落〟

断片的にではあったが聞きとれた。それは四年前に嫁いだ長女、和枝の夫の名前とおなじだった。

(おや、おなじ名前の人が、ほかにいるのかな?)

最初そう思った。

つづいて臨時ニュースの第二報が入り、今度ははっきりと聞こえた。

〝緑区荏田《えだ》町〟

（あっ、これは和枝のところだ）

一瞬、全身がカーッと熱くなるのを覚えた。

（バカな……）

一刻も早く店にもどらなければならない。すべては、それからだ。はやる心を押さえながら、車のアクセルを強く踏みこんだ。

店の前に車をとめたとき、まっさきに店からとび出してきたのは、和枝の妹の春江だった。

「おっ、春江か、どうしたんだ！」

ほとんど叫ぶようにたずねた。

「お姉ちゃんは藤が丘病院に入院した」

「よしっ」

私は再び車にとび乗り、今度は藤が丘病院に向かった。

（いったいどうして、こんなことになったんだ？　なんで米軍のジェット機が墜落したりしたんだ？）

車のなかで何度も、この問いを繰り返した――。

RF-4Bファントム戦術偵察機611号機が墜落した事故現場。

厚木を飛び立った米軍機は

横浜市緑区は東京、東京のベッドタウンである。東急電鉄・田園都市線に沿って新興住宅街が広がっている。荏田町もその一つで、江田駅を中心として、さらに宅地造成が進められていた。

この地で代々農業を営んできた和枝の夫の家は、江田駅の北、歩いて十分ほどのところ。東急建設が大規模な造成事業を行っている宅地造成地のなかほどに位置し、約五十メートル離れて東急建設の小黒作業所などもあった。まだまだ人家もまばらな、静かな土地であった。ただひとつ、大島から神奈川県、埼玉県に至る米軍の専用航空路〝ブルー14〟の下にあったことを除いては……。

墜落した米軍のジェット機はRF—4Bファントムであった。全長十八・六メートル、重さ二十六・三トン、最大速度マッハ二・二〜二・四、離陸後一分間で高度一万メートルにまで飛びあがれるという高性能のジェット機である。米海軍第七艦隊の航空母艦ミッドウェーに所属する戦術偵察機で、事故の五日前に米海兵隊岩国航空基地から訓練のために厚木航空基地に派遣されていた。

ファントムとは、日本語で「妖怪」という意味である。二人のパイロットを乗せた、この妖怪は、この日、九月二十七日の午後一時十七分ころに二機編隊で厚木基地を飛び立った。千葉房総沖で待機する母艦ミッドウェーに着艦せよ、との命令を受けていた。タッチ・アンド・ゴー、つまり母艦発着訓練である。

そのうちの一機、ミラー大尉とダービン中尉の乗った六一一号機が離陸直後に左エンジンから発火、三分後の一時二十分ころ、緑区荏田町に火を吹きながら墜落、この惨事を招くことになった。

墜落地点には深さ四メートルもの大穴があき、エンジンの一つは火の玉となって九十メートル離れた和枝宅を直撃。満載されていた燃料は爆発と同時に扇状に広がり、火炎となって行く手の家々や木々を焼き尽くした。

この墜落事故による被害者は次のようであった——。和枝（二十六歳）重傷、裕一郎（三歳）重傷、康弘（一歳）重傷、義妹（二十六歳）重傷、椎葉《しいば》悦子（三十五歳）重傷。このほか東急建設の作業員ら四人も軽傷を負った。

和枝と妹さんは事故後ただちに近くの永楽《えいらく》整形外科医院に運ばれ、そこからさらに和枝は昭和大学藤が丘病院へ、妹さんは青葉台病院へと運ばれた。また裕一郎と康弘、椎葉悦子さんは、まっすぐ青葉台病院へ収容された。

ファントム機から緊急脱出して、パラシュートで降下する２人のパイロット。２機編隊のため、後続機が通過している。

２人のパイロットは３キロほど離れた緑区鴨志田町に降下した。

パイロットは助かって

ファントム機のパイロット二人は墜落前に緊急脱出。地上の騒ぎとは対照的にパラシュートでゆっくりと空から降りてきた。降下場所は荏田町から三キロほど手前の緑区鴨志田町。地上に降り立った二人は、ほとんどケガらしいケガもなく、約二十分後に海上自衛隊のヘリコプターに収容され、厚木基地に運ばれた。五人の重傷者を出すという大惨事のさなか、自衛隊が活動したのは、実にこの二人のパイロットの救助にだけだったのである。

米軍関係者が現場に到着したのは、事故から一時間も経った二時二十分ころであった。その後マイクロバスやヘリコプターが到着したが、米兵たちがまず行ったことは、被害者の救出や被害状況の調査、ではなく周辺の人たちを事故現場から閉め出すことだった。怒りにふるえる人たちに、彼らはニヤニヤしながらVサインを出してみせたりした。

翌二十八日の早朝から、警察と米軍による合同の現場検証が行われた。合同とはいえ、すべては米軍を中心に進められ、警察はただ見守るだけ。墜落したのが米軍機であるとはいえ、ここは日本国内である。どう考えても、これは異常な光景だった。

そうこうするうちに、米軍は墜落したファントム機の残がいをクレーン車で引き上げ、厚木

事故現場でVサインを出す米兵。

基地ふかく運び去ってしまう。まさに占領軍意識まる出しというべきであった。

証拠物件は早々と持ち去られ、墜落前になぜ機首を人家のない山側に向けられなかったのか、パイロットの脱出が早すぎたのではないか、などさまざまな問題が残された——。

おとうさん苦しい

青葉台病院——。

治療室のドアをあけた和枝の夫の目に、ベッドに寝かされている裕一郎と康弘の姿がとびこんできた。二人とも、ちっちゃな体が異様に黒ずんでいる。

「裕一郎、康弘」

思わず駆け寄ろうとして、彼は看護師に制された。

「静かに、いま手当て中です」

子どもたちの全身に軟膏が塗られ、その上から包帯がぐるぐると巻かれていく。そのいっぽうで静脈が切開され、そこから水分補給のために点滴が行われる。

二人ともほぼ全身、百パーセントという大変な火傷だった。しかも、そのほとんどが皮下脂肪組織にまで達し、皮膚が完全に死んでしまっているという状態。いわゆる三度の熱傷である。

人間は全身の皮膚の半分が失われると、生命が危いといわれる。まして小さな子どもたちである。二人はもはや危篤同然の状態だった。

皮膚が死んでしまうと、そこからジワジワと体液がしみ出してくる。そのため、どうしても水分が不足する。こうした熱傷の場合、第一に必要とされるのは点滴による水分の補給である。

「先生、だいじょうぶなんでしょうね？　子どもは助かるんでしょうね？　先生」

「いまはなんともいえません」

医師の答えは、いっこうに要領をえない。

ついていてやりたい。なんとしても、そばについていてやりたい。といって、ここにばかりいるわけにはいかなかった。妻の和枝の容態も気にかかっていた。

その場はひとまず、駆けつけてくれていた親戚の人たちにまかせ、彼は和枝の収容された藤が丘病院へ向かった。

ちょうどそのころ、私は藤が丘病院に到着した。

和枝は救急室にかつぎこまれ、すでに医師が手当てを始めていた。和枝はベッドにあお向けに寝かされていた。

焼けただれ、赤茶色に変色した皮膚。むけた皮膚の下から血や体液がにじみ出し、シーツにしみとおっていく。和枝は、ほとんど血まみれ状態だった。

しかし、意識ははっきりしており、私を見るなり和枝は言った。

「おとうさん苦しい」

「しっかりしろ」

そう言って励ますだけで精いっぱいだった。和枝は全身の八十パーセント、そのうち七十パーセントに三度の熱傷を負っていた。危険な状態であるということは、ひと目でわかった。長く言葉を交わすゆとりはなかった。

救急室を出た私は、廊下でジリジリしながら手当てが終わるのを待った。そこへ青葉台病院からまわった和枝の夫が駆けつけてきた。

「おとうさん申しわけない！　こんなことになっちゃって……」

それが彼の第一声だった。

「いや、君のせいじゃない」

思わずそう言って、胸のなかでもう一度つぶやいた。

（そう、これは彼のせいなんかじゃない）

ジェット機の墜落という大事故を起こしておきながら、厚木の米軍基地からも防衛庁からも、まだなんの音沙汰もなかった。電話すらかけてよこさない。

（なぜ、すぐに責任者が来て、適切な処置をしないのだ）

どうしようもない怒りがこみあげてきて、思わずコブシを握りしめた。

水をちょうだい

このときから、彼の藤が丘病院と青葉台病院との往復が始まった。

子どもたちのほうへ来れば和枝の容態が気にかかり、和枝のほうへ来れば子どもたちの容態が心配になる。三十分おきくらいに、彼は二つの病院を行ったり来たりした。

そばについていても、なにもしてやることはできない。いらだちとあせりが募るばかりだ。そのうちにそれぞれの家の親戚・知人が訪れてくる。報道陣が取材に押しよせてくる。病院中が人でごったがえすようになる。いらだちとあせり、ざわめきのなかで、彼は言いようのない怒りを胸にたぎらせていた。

（いったい、これはなんだ。どうして、こんなことになったんだ。誰が俺たちをこんな目にあわせるんだ）

まるで足が地につかない気分だった。

応急処置を終えた子どもたちは二階の病室に移され、目、鼻、口を残して全身を包帯で巻かれていた。

「痛いよ、痛いよ」

二人は、うめき声をあげながら体を動かし、ベッドからずり落ちそうになる。医師は裕一郎の手足を包帯でしばり、ベッドに大の字にしてゆわえつけた。

「とってよ、ユウちゃん、おとなしくしてるから、これとってよ」

裕一郎が、ひっきりなしに訴える。見かねた周囲の人たちが声をかける。

「ああ、とってやるよ、とってやるとも。もうちょっとのしんぼうだからな、もうちょっとだからな」

やけどした皮膚の下から体液がしみ出し、巻かれた包帯はベトベトになっていく。そして子どもたちの体からは、どんどん水分が失われていく。

「水ちょうだい。ちょっとでいいから、たくさんはいらないから、おサジいっぱいでいいから水ちょうだい、ジュースちょうだい」

裕一郎が必死に訴える。

周囲の人たちが、水を与えてやってほしいと頼んでも、医師は頑として受けつけない。水を飲ませては危険です、の一点張り。

「ちょっとならいいだろ。子どもがあんなに頼んでるんじゃないですか」

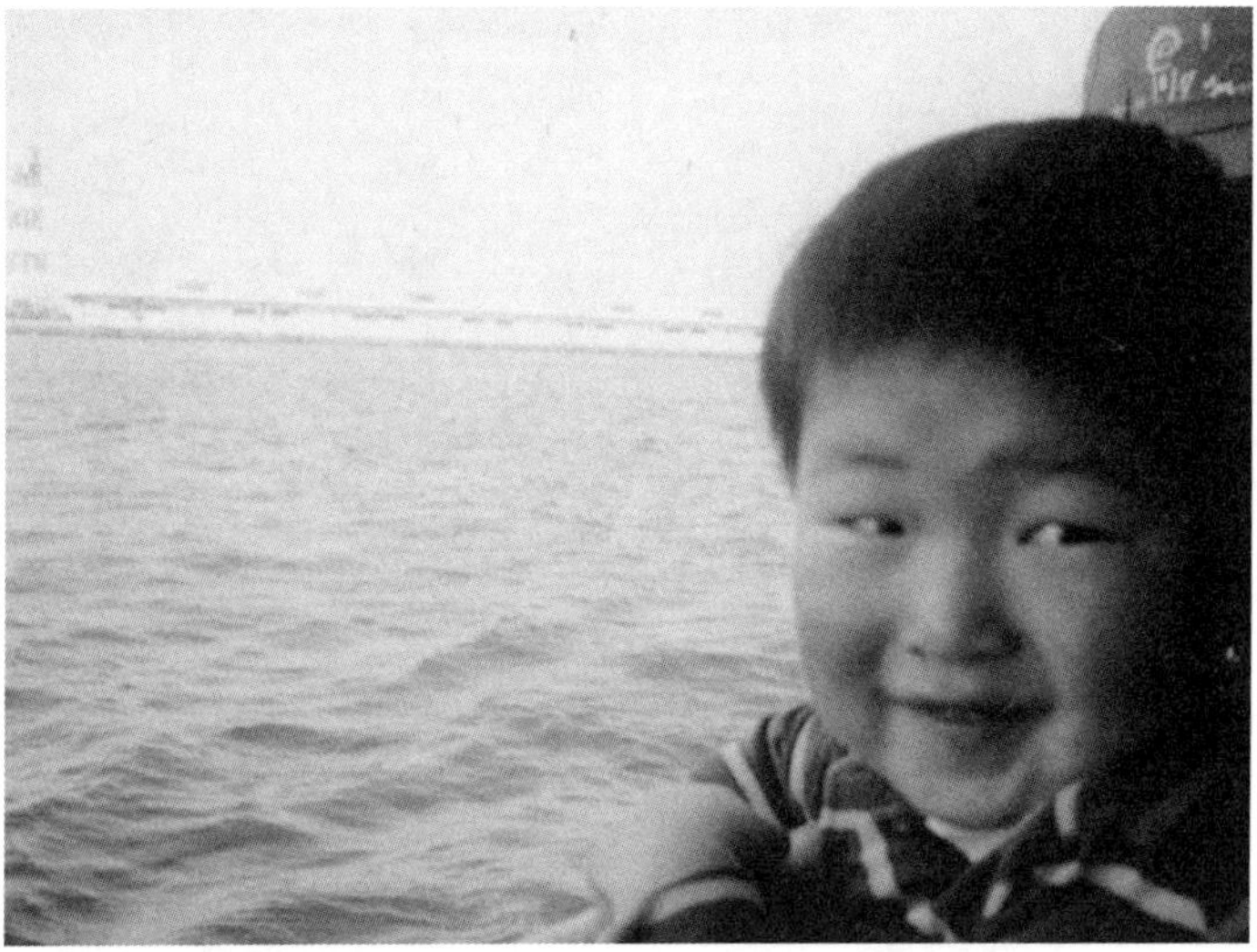

目が細くて色が白く北の湖のように太っていて気持ちのやさしかった裕ちゃん（和枝の日記より）。

思わず哀願する。それでも医師は首をタテにふらない。

しかしこの処置は、藤が丘病院の和枝の場合と、あまりにも違っていた。藤が丘病院の医師は、和枝の三カ所の静脈から、計十六本もの点滴ビンによって絶えず水分の補給を行っていた。しかも和枝は常時、氷を口に含んでいた。それに対して青葉台病院の子どもたちは点滴も不十分、水も一滴も与えられていない。

（ダメだ、この病院に入れておいたら）

彼は心のなかで叫んだ。いらだちとあせりが頂点に達していた。

藤が丘病院は皮膚科を備えた総合病院だが、青葉台病院は外科系の救急病院であった。いわば交通事故によるケガ人が専門。医師の数も少なく、設備も熱傷の治療に関しては不十分だった。しかも、この日は医師が三人、夜は当直医が一人しか勤務していなかった。そこに四人もの重傷患者が運びこまれたのである。

手当てが十分に行き届くとは、とうてい思われなかった。

（ダメだ、やっぱりダメだ。明日になったら、もっと設備のいい病院に移してもらおう）

夜が明けたら子どもを抱いてでも、この病院をでようと決心した。

おばあちゃんバイバイ

応急の治療を終えた和枝が、藤が丘病院の救急室から運び出されてきたのは、あたりもすっかり暗くなるころだった。そして私と和枝の夫が付き添うなかを五階の看視室に運ばれ、面会謝絶のままさらに点滴がつづけられた。

二人は、待合室でひたすら待った。時計は深夜零時をまわり、零時半になろうとしていた。裕一郎が危篤、との電話が入ったのは、そのころだった。

瞬間、彼は全身の血が逆流するような気がした。背すじがゾーッとして、手足がガクガクとふるえた。

「おとうさん、和枝を頼みます」

彼は青葉台病院へ急行し、こちらには私が残ることになった。

(死ぬなよ、裕一郎。いまパパが行くからな)

実際には車はかなりのスピードで走っているはずなのに、このときの彼には、道は永遠につづくかのように思われた。走っても走っても青葉台には着かない。まるで夢のなかを走っているようだ。彼は車のなかで、わが身を抱いてガタガタとふるえた。

「急いでくれ。もっととばしてくれ」

藤が丘から青葉台までは車で十分ほどの距離である。しかしその十分間が、このときには三十分にも一時間にも感じられた。

——間に合わなかった。

ようやくの思いで青葉台病院にたどりついたとき、すでに裕一郎の小さな体は呼吸をやめていた。付き添っていた彼の母親に、

「おばあちゃんバイバイ」

それが最後の言葉だった。

九月二十八日午前零時四十分。

「裕一郎が、裕一郎が」

泣きながら言う。

「あの子は、あの子は最後まで水をほしがって。水を、ジュースをちょうだいって……。かわいそうに」

その声を、どこか遠くで聞いていた。やがてその声も周囲のざわめきも消え失せ、彼は音のない静けさのなかにいた。

(裕一郎……)

もの言わぬ裕一郎が目の前に横たわっている。全身に包帯を巻かれ、水をほしがりながら息を引きとっていった……。

よろめくようにベッドに駆け寄り、その手を握りしめてみる。いまにも握り返してきそうな気がする。きのうまでは、あんなに元気に走りまわっていたのに。

彼は、ぼうぜんと立ちつくしていた。

（誰がこんなことにしたんだ）

胸のなかで何度も何度も、そう繰り返した。

ハトポッポをうたいながら

弟の康弘の容態がおかしくなってきたのは、それから二時間ほどして、午前三時をすぎたころからである。

時間が経つにつれて康弘の呼吸はどんどんあらくなってくる。

裕一郎が亡くなったときには、康弘はまだ元気だった。

（康弘は助かるかもしれない）

いや、どうしても助けなければならない。和枝のことは土志田《どしだ》家の人たちにまかせ、彼は康弘についてやることにした。

（康弘、ガンバレ、ガンバッテくれ）

康弘の息の乱れが激しい。

（この子もダメなんだろうか）

刻一刻と、胸に不安が増大していく。なんとかできないのか、この子のためになにかしてやれないのか。いてもたってもいられないあせりのなかで、ふと思いついた。

「なあ康弘、パパといっしょにハトポッポの歌をうたおうか」

ハトポッポの歌。それは毎晩、康弘といっしょにお風呂に入りながら教えてきた歌だった。

その歌をいまいっしょにうたうことで、康弘が少しでも元気をとりもどしてくれたら、と思ったのである。

「いいかい康弘、うたうぞ。ポッポポッポ、ハトポッポ……」

さあ康弘、元気を出すんだ。祈る気持ちでうたった。

「ポ、ポ、ポ」

「ハトポッポ……」

康弘の声がはっきりと聞こえた。

「パパ……、ママ……、じいちゃん……、ばあちゃん……」

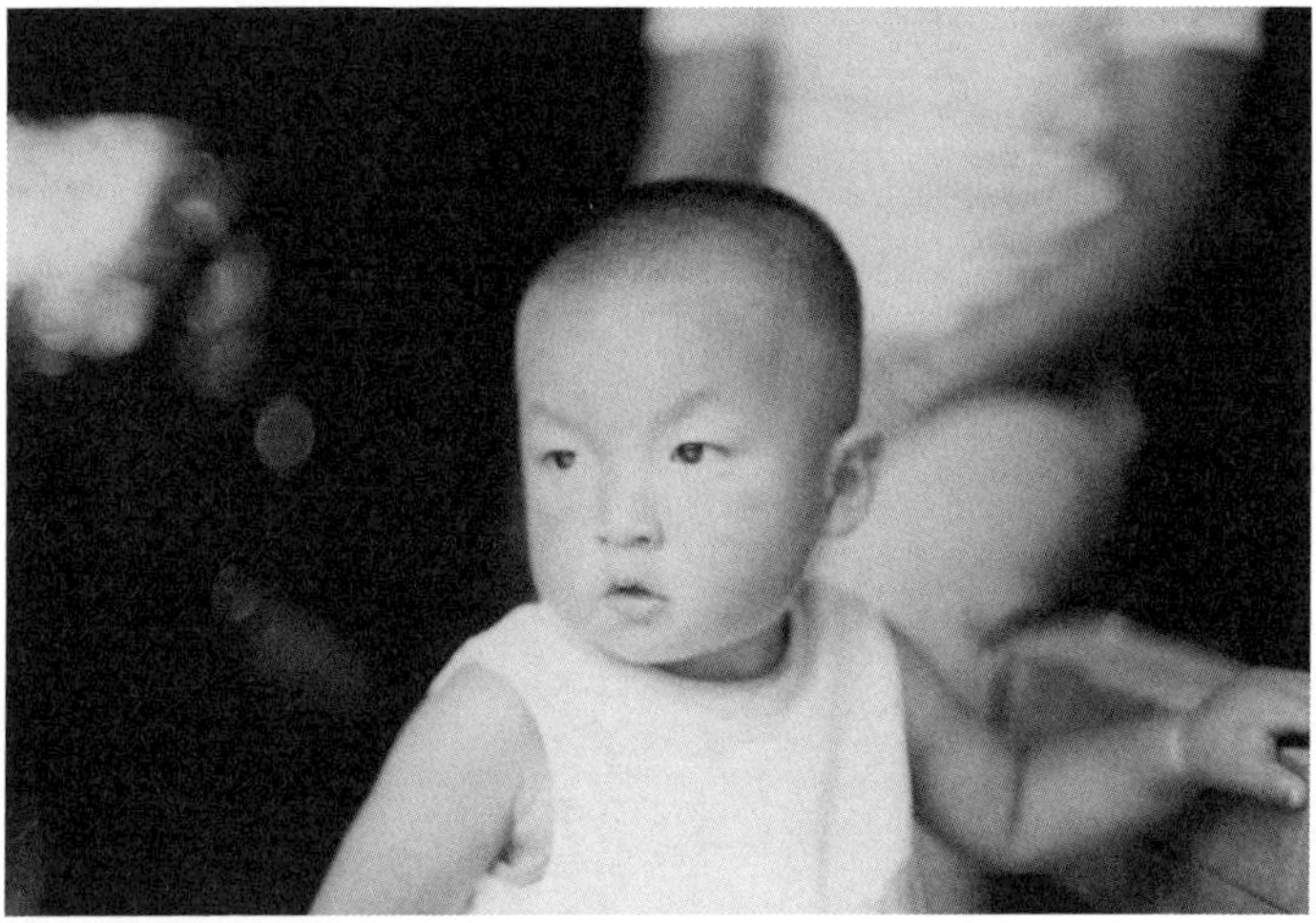

目はお兄ちゃんより大きく鋭く色は黒く1人でなんでもやるような康弘（和枝の日記より）。

突然、康弘がそう言った。一瞬、まわりの誰もが息をのんだ。パパ、ママは言えても、これまで一度も言えなかった言葉――じいちゃん、ばあちゃんを、このときはじめてはっきりと言った。

「先生、なんとかしてください」

けんめいに心臓マッサージや人工呼吸が繰り返される。

「康弘、康弘……」

康弘はなにも答えなかった。

私たちが見守るなか、康弘が息を引きとったのは、明け方の四時三十分だった。

もうパパ、ママと呼んでくれない二人の側に立って、涙を流すことも忘れていた。一滴の涙もこぼれなかった。金しばりにあったように、身動きができない。自分を中心に部屋がくるくるとまわりだす。このまま体が分解してしまうような気がした。

(裕一郎につづいて康弘までも)

起きてはいけないことだ。あり得ない、決してあり得ないことだ。夢だ、夢に決まっている。

「おれのホッペタをひっぱたいてくれ。おれは夢を見てるんじゃないのか」

彼は、いあわせた人にそう頼んだ。ウソだ。とても信じる気持ちにはなれなかった。

(こんなことなら、水もジュースも浴びるほど飲ませてやればよかった。早くいい病院に移し

て、もっとちゃんとした治療を受けさせてやればよかった）
彼の心に、悔やみきれない悔いが残った。
（二人も子どもを殺しておいて、米軍はいったいなにをしているんだ。防衛庁はなにをしているんだ）

夫の妹は自衛隊病院に

彼の妹は、椎葉悦子さんとともに、子どもたちの隣の病室に横たわっていた。彼女は全身の五十パーセント、椎葉さんは四十パーセントという熱傷を負っていた。

子どもたちの死は、まもなく、この二人の病室にも伝わってきた。

「子どもたちも和枝もがんばっている。おまえもがんばれ」

昨夜、兄からそう言われたばかりだった。

その妹さんも、二十八日の午前中に危篤状態におちいった。私といっしょに藤が丘病院につめていた彼が、その連絡を受けたのは、お昼ごろだった。

子どもたちにつづいて、今度は妹までも……。彼は、すぐさま青葉台病院にとって返した。

ちょうどそのころ、飛鳥田《あすかた》一雄横浜市長が、二つの病院を見舞いに訪れた。そして入れ替わるようにして、三原朝雄防衛庁長官、米軍厚木基地のドゥリトル大佐なども姿を見せた。しかしドゥリトル大佐は、見舞品をつっ返され、被害者の家族には会えぬまま引き返さなければならなかった。家族たちは、事故の張本人である米軍基地の司令官に会う気持ちには、とうていなれなかったからである。家族たちが望んだものは、そんな通り一辺のお見舞いではなかった。なぜ、こんな事故を起こしたのか、なぜもっと早く適切な処置がとれなかったのか。なぜ、誠意ある態度を示せなかったのか。そのことであった。

藤が丘病院の待合室で、彼は三原防衛庁長官にくってかかった。子どもを失った怒り、いままた、妻と妹が危篤状態におちいっているいらだちのため、目は血走っていた。

「裕一郎と康弘の二人を殺しておいて、このうえ三人目の妹まで殺したら承知しない。あんたが命令すれば、妹は日本全国、どんないい病院へだって入れられるはずじゃないか。ヘリコプターを使ってでも、移せるはずじゃないか。なんとかしてくださいよ、長官!」

こうしている間も、妹さんは危篤状態にある。

この交渉で、妹さんは自衛隊中央病院へ移されることになった。椎葉悦子さんは青葉台病院に残し、妹さんは自衛隊病院から派遣された医師の看護のもとに、夕方になってから救急車で送られていった。

「無事到着しました。妹さんは、こちらで責任をもって治療いたします。安心してください」

電話を自衛隊病院の医師から受けたとき、彼は、ようやく肩の荷が一つおりた思いだった。和枝は依然として危険な状態がつづいていた。医師の話では、まず最初の三日間がヤマ、ということだった。妹の看護は母親にまかせ、彼は私とともに和枝にかかりきりになっていった。

（和枝だけは助けなければならない、和枝だけは……）

しかしいまのところ、ひたすら和枝が三日間のヤマをのりきってくれることを祈り、面会の許可がおりるのを待つしか、手はなかった。

子どもの死は知らせずに

子どもたちの遺体は二十八日の午前中に、棺に納められて彼の親戚の家に運ばれた。そして、その夜、仮通夜が営まれた。

（子どもたちは亡くなってしまった。手の届かないところに行ってしまった。和枝は子どもの死も知らずに、生きつづけている。いま、非常に危険な状態にある。なんとしても生きてもらわなければ……）

私は子どもたちの死を悲しんでいるいとまはなかった。ほんの数分、お通夜の席にいただけで、藤が丘病院に引き返した。

翌二十九日、とにかくお骨にしておこうということになり、遺体は火葬場に運ばれた。霊柩車に乗せられて出ていく幼い二人の遺体を見送りながら、彼は初めて男泣きに泣いた。

（裕一郎、康弘、すまん、おまえたちを守ってやれなくて……。パパを許してくれ）

涙がとめどなく、あとからあとから頬をつたって落ちた。

（子どもたちが死んだことは、和枝には知らせないでおこう）

そう考えるようになったのは、このときからだった。

今日はあくまで仮葬儀としておこう。和枝が良くなって退院してきてから、あらためて本葬を行うことにしよう。

（だまってお骨を墓に納めたりしたら、和枝はどんなに嘆くことか、和枝が治るまで一年でも二年でも待っていよう）

そう心に決めた。

この後、私や医師らとも相談のうえ、子どもたちの死は一年以上も和枝には知らされなかった。けんめいに火傷と闘う和枝に子どもの死を知らせることは、とうていできなかったし、知らせたとたんにショック状態におちいってしまうことも考えられた。

和枝の夫、父親の私、周囲の人もみな申し合わせて、悲しみを押し殺した苦しい演技をつづけることになる――。

防衛庁はなにをしている

子どもたちの死から二昼夜がすぎようとしていた。彼も私も一睡もしてなかった。

三十日の明け方、午前三時半ころのことである。私は、手にしたパンの袋の裏に、怒りにふるえる手でペンをにぎりしめ、一語一語書きとめた。三原防衛庁長官にあてた直訴状だった――。

防衛庁の所長には一刻ももうまかしておけない。

昨日（二十九日）三時に頼んだ、

①　自衛隊病院受入態勢の件

②　現地藤が丘病院へ医師派遣して現状診断

③　転院が可能かどうかの状況判断

夜になっても返事がない。

区長さんも心配して夜九時すぎに来て下された。

夜十二時ごろ、こちらより防衛庁へ電話しての返事が、ほかの用件もあり、そちらのことばかりでないので夜九時に本庁へ要望事項として報告して居いたとの事、これでは誠意がない。

非難しているひまはない。

前日長官殿がとられた処置をもう一度すぐ、ぜひ実行してもらいたい。

むつかしい面、わかっている。そんな事は飛越えて理屈ぬきで実行してもらいたい。

現在、今後かなり危険だと思う、ただ親の見方だろうか。担当の先生の話をきいてもかなりむずかしいとの事。

理くつや今迄の経過をぬきにして直ちにやけどに権威ある先生にみてもらいたい。

当院の先生、技術、設備に申分ないと思いますが、一刻をあらそう時に大勢の人におねがいしたいのは、ただ私だけでしょうか。

直接関係下さっている区長さん、防衛庁の方がたも外からでも、のぞいて見て下さい。この無ざんな姿、見せたくないけれど。

とにかく、直に実行して下さい。たすけてやって下さい。先ず現状判断を。

昨日迄三日間祈る心で、まる三日間の山を越えればとの先生の言葉にすがってじっとこらえて来たが。

祈ってばかりいられない、すぐ実行して下さい。頼みます。

ただのけが人ではない。

じっとがまんしている娘のかわり、私は全力をつくしたい。
理くつの上では無茶か、無理かもしれないが、こちらも無理する、費用の分担もする。
話は後で、最高のレベルで話合ってくれ。
防衛庁は夜十二時すぎではなにも出来ないのか、連絡一つ出来ないのか。
でも国道二四六、東名高速道は一晩中車が走りつづけているではないか。
事故には責任のない人の命が今かかっている事を念頭において下さい。
でも朝までまつ、今朝からが大事なとき。

三時半

きのう――二十九日のことである。防衛施設庁の職員が病院に来ているらしい、との話を耳にした。教えてくれたのは、事故当日からなにかと力になってくれていた、緑区役所の職員であった。

防衛施設庁は防衛庁の下部組織にあたり、米軍基地の管理はここで行っている。厚木基地の場合は、横浜防衛施設局の管轄だった。事故以来いまだになんの連絡もない横浜施設局の職員が、実は当日から病院につめている、というのである。

「そんなバカな！　こっちが大騒ぎをしているときに、病院に来ていながら、なんの手助けもしてくれないなんて……」

爆発しそうな怒りをおさえてナースステーションに聞きに行くと、

「ええ、部屋を借りて、つめていらっしゃいますよ。でも、どの部屋かはお教えするな、と言われています」

というのである。私は一瞬、言葉を失った。常識では考えられないことだった。まず被害者の家族に会って謝罪し、善後策を講じるのが、スジというものではないだろうか。ここへきて、怒りは爆発した。

「冗談じゃない。いるんなら会わせてくださいよ」

私は強引に迫った。

そうして、ようやく施設局の職員に会えたのだが、話にならない。そこで総務部長と事業部長の二人が病院にやってきたのが、午後の三時ごろであった。

病院の一室を借りて、この二人と話し合い、私はいくつかの要求を出した。

和枝を自衛隊病院へ移すことはできないのか、自衛隊病院から火傷の専門医を派遣することはできないのか……。

二人が帰ったあと、その返事を待ちに待った。ところが、深夜になっても連絡がない。業を煮やして、午前零時ころ施設局に電話を入れた。すると事業部長が電話口に出た。さすがに事故直後だけに、徹夜で局につめていたようだった。

しかし、その返答が……。

「こちらには、こちらの仕事があります。そちらのことばかりやってるわけにはいきませんよ。一応、本庁には報告しておきました」

というものだった。

（いったい、人間の命をどう思っているのだ）

やり場のない怒りを胸に、私はパンの袋の裏に防衛庁長官あての手紙を書いた。思いのたけを書き綴ったのである。


三十日の朝、病院にやってきた緑区の区長に、書きあげた手紙を見せた。区長の意見は、

「病院を変えるのも、医師を派遣するのも、そう簡単なことじゃないし、かえって相手の心証を悪くするから、この手紙は見せないほうがよい」

というものだった。

そのため、やむなくこの手紙を出すことを断念した。だが、こんな形ではとても納得できない。娘のためにはなんでもしてやりたい――そういう気持ちでいっぱいだった。

結局、私の思いが伝わり、自衛隊中央病院から医師が見舞いという形で派遣されてきたのは、

翌日になってからであった。

こうして自衛隊病院の医師が和枝を診断、藤が丘病院の医師と相談のうえ、

「病状から見て、いま和枝さんを転院させることは不可能。この病院にも十分な設備があるので、このままこの病院で治療をつづけるのがよいのでは」

と告げられた。そう言われては、これ以上くいさがることはできなかった。

この後、藤が丘病院では、滝内《たきうち》皮膚科医長を中心として医師六人のプロジェクト・チームを組み、和枝の治療にあたっていった。

子どもたちはどうしたの?

二十七日以来、初めて和枝への面会が許されたのは三十日のことであった。三日間のヤマは越えたとはいうものの、いまだ危険な状態には変わりなかった。そのため、このときは入口のところから顔を見た程度だった。

言葉を交わすことはできなかったが、和枝にも意識はあった。目と目が合ったとき、かすかにほほえんだように、父親の私には思われた。和枝の顔は最初に見たときよりもひどく、皮膚がむけて紫色にふくれあがっていた。

点滴をつづけるとともに、すでに二日目から薬浴《やくよく》が始まっていた。やけどした皮膚の下に緑《りょく》膿《のう》菌が感染し、それによって引き起こされる敗血《はいけつ》症を防ぐためである。初期熱傷の段階を脱した後、最も問題となるのが、この敗血症の併発であった。常に全身を清潔に保つことによって、事前に細菌の感染をくいとめなければならない。

消毒薬ヒビテンを薄めたぬるま湯の浴槽に、和枝はベッドに寝かされた姿勢のまま沈められていく。と同時に医師は、メスなどで死んだ皮膚組織を切りとっていく。浴槽の湯は、にじみ出す血でピンク色に染まった。

時間にして数分のこの治療は、和枝にとって非常な苦痛をともなうものであった。体は麻酔を施せる状態ではなく、麻酔なしで治療を受けなければならなかったからである。

(和枝さんを死なすようなことになったら、自分はこの病院を辞めよう)

担当の医師は、そんな思いを抱いて治療にあたっていた。医師も患者も必死だったのである。

五日目くらいから、ようやく父親である私と和枝の夫だけは、病室に出入りすることを許されるようになった。そのころには、和枝は言葉が交わせるくらいにまで回復していた。

ほっと胸をなでおろした私は、

「あっ、トイレを忘れてた」

なにか気にかかっていたのだが、いまそれを思い出した、という感じで、苦笑した。和枝の身を案じるあまり、実に五日間も、トイレに行くことを忘れていたのである。

一週間目くらいに、話をすることが許された。

「裕一郎と康弘はどうしたの？」

和枝が夫に最初にたずねたのは、子どもたちのことであった。

「ん？　ああ、子どもたちは自衛隊病院にいるよ。だいじょうぶだ」

「見てきたの？　どんな様子だった？」

「う、うん、見てきたとも。だいじょうぶだ、子どもたちもがんばってる」

彼がそう答えて、このときから悲しい芝居が幕をあけた。それは決して、うまい演技とはいえなかったけれど、彼の言葉を聞いたときに初めて、和枝は笑顔になった。

「ここまでもったのが不思議なくらいです」

医師にそう言われていた。

そんな和枝を支えているのは、ただ子どもたちに対する愛情だけに違いなかった。いま子どもの死を知らせることは、死刑の宣告をするのもおなじだった。子どものために必死に生きようとしている和枝……。

（ダメだ！　子どものことは絶対に知らせてはいけない）

彼は、子どもたちのことを、心の奥深くしまいこんだ。

最初のうちは、私と口裏を合わせて、なんとか隠しとおせた。問題はそれからだった。一カ月ほどして看視室から普通の個室に移され、親戚、知人などが見舞いに訪れるようになった。そうなると、いつ、誰の口から子どもの死がもれるかもしれなかった。

十一月に入り、自分の容態が良くなるにつれて、和枝は、ひんぱんに子どものことをたずねるようになっていた。

「お願いします、くれぐれも子どもの話はしないでください」

彼は、病室に入る人に、誰かれとなくそう頼みつづけた。気の弱い人、自信のない人は病室に入らないでください、とまで言った。

医師はもちろんのこと、すでに病院に入院していた患者さんたちもみな新聞などで、子どもの死を隠していることを知って、協力してくれた。新しく入院してきた患者さんには、医師の口から注意が与えられた。

見舞いに訪れる人は、みんな一言か二言を話すだけで病室から出ていってしまう。病院の患者さんたちは、和枝の姿を見たとたんにピタッと話をやめてしまう。

誰も子どもの様子を聞かせてくれないのが不満な和枝は、

「子どもの記事が載ってる新聞や雑誌を買ってきてちょうだい」

と彼に頼むようになった。

そのたびに彼は、売店のおばさんや私といっしょに、すべての新聞・雑誌に目をとおす。一行たりとも、子どもの記事が載っているものは見せてはならない。

しかし、子どもの記事のない新聞・雑誌など、和枝は読もうともしない。

「こんなのじゃないわ。わたしは子どものことが知りたいの。子どもの容態が心配なの。パパ、いったいなにをやってるのよ」

彼にとっても、私にとっても、つらい毎日の連続だった。

第三章

事故の記録を残そう

和枝、孤独だったな

午前五時ごろ、物言わぬ和枝を国立武蔵療養所から自宅に連れて帰ってきました。彼女がいつも使っていた赤地に羽を広げた鶴の模様の布団を一階の仏間に敷き、遺体を横たえました。明るくなると、報道陣が次から次へとやってきます。事故以来、和枝のことは幾度となく、新聞、テレビ、雑誌などで報道されていました。

記者に「無念です」と答えながら、本当に和枝は死んでしまったのだと思いました。

和枝の遺体を、和枝の婚家ではなく土志田家に連れて帰ってきたのには理由がありました。闘病中に和枝と夫の間には埋めようのない心の亀裂が生じてしまっていたからなのです。あれほど仲の良かった夫婦だったというのに……。

事故から一年、二年……と、確かに二人はしっかりと強い夫婦の絆で結ばれていました。彼は、一生懸命、和枝のことを支えようと頑張ってくれていました。毎日、病院を訪れる。和枝は彼の顔を見ると、パッと華やいだ顔になる。

「パパ、今日は早く来てくれたのね」

「パパ、泊まっていってほしいの」

和枝は彼を心から頼っていました。彼も、時には病院に泊まりこみ、できる限り、和枝の傍に付き添っていた。

「和枝、がんばるんだよ」

そんな二人だったのに、いつからかすき間風が吹くようになる。

体に傷を負った者、負っていない者の間には、微妙な心の行き違いが生まれることは避けようのないことともいえます。

和枝の傷みは、家族といえども分かち合うことはできないのです。

それは夫だけではなく、父親の私にもいえることでした。

米軍ジェット機墜落事故のあと、昭和大学藤が丘病院ではやけどの治療のために、硝酸銀の薬浴の治療がつづきました。硝酸銀はピンセットなどの消毒に使うものです。やけどを負った和枝の体についている緑膿菌は一般的に用いるヒビテンでは殺すことができなかった。和枝の体はドロドロの血膿でおおわれたため、この硝酸銀を用いた入浴を行うことになったのです。ほんの少し水がかかるだけでも、悲鳴をあげてしまうような皮膚のない和枝の体。裸のままリフトバスに乗せられます。

どんなに和枝が「嫌だ」と叫ぼうとも、ボタン一つで浴槽に降ろされてしまうのです。硝酸銀薬浴の時間が迫ると、和枝は「死んでも受けたくない」と泣き叫びました。終わってもほっ

和枝が4年3カ月もの間治療をつづけた昭和大学藤が丘病院。

和枝が息を引き取った国立武蔵療養所（現国立精神・神経センター武蔵病院）

とできません。明日の痛さを想像し、再び怯えるのです。

その横で、家族は痛みやつらさを想像はするのですが、誰も替わってやることはできません。見守ることしかできないのです。

事故から五カ月ほど経過したころ、私と和枝の夫は、両足の太モモから葉書大の皮膚を四枚ずつとって、和枝に提供したことがありました。手術は全身麻酔で行われましたが、麻酔が切れたときの痛さといったら……。

しばらくはモモがつれて腰を曲げて歩きました。トイレに行くのもやっとです。手術前は、これで和枝の傷みをわかってやれると思いましたが……、すぐにそうではないことがわかりました。葉書大四枚でこの痛さなのに、和枝の体はほぼ全身の皮膚が失われている状態なのです。硝酸銀のお風呂にまで入るのです。

事故の後、和枝は一年四カ月後にわが子の死を知りました。私たちが和枝の身を気づかって芝居をつづけたことを理解していましたが、「信じられない」と泣きつづけました。愛する子どもが死んだことを知らなかった母親の無念な思い……。とうてい言葉で言い表せるものではなく、私なんかの想像の及ばない苦しさだっただろうと思うのです。

和枝、孤独な闘いだったろうな。

たとえ毎日、私や彼、妻や和枝の兄、妹が見舞いに行こうとも一人さみしい思いをしたことだろう。

子どもたちが死んだことを知り、和枝は悲しみにうちのめされました。しかし、「子どもたちの分もがんばって生きよう」と歯をくいしばるように治療を受けつづけました。事故から一年九カ月後の六月にはついに仮退院にこぎつけることができたのです。医師からも奇蹟的な回復だと言われました。

けれども、和枝にとって真の意味での闘いは、退院してから始まったといえるのかもしれません。

退院して家にもどっても、いるはずの子どもたちがいない。

和枝は母親なのに、世話をする子どもがもういないのです。

どれほど苦しかったことだろう。虚しい気持ちに襲われたことだろう。

彼はなんとか、和枝の気持ちを引き立てようとドライブや買い物に誘っていました。彼のお義母さんたちもやさしく接してくださった。が、和枝は病院に通院する以外は家に閉じこもってばかり。事故から二年目には裕一郎と康弘の葬儀を執り行いましたが、和枝はとうとう式には参列しませんでした。和枝が元気になってからと延期をしていたのですが、和枝にとっては子どもたちの葬儀に出席することはあまりにつらく、どうしても耐えられないことだったようです。和枝は、次第に子どもたちがいなくなった婚家で生活することがつらくなったようです。私にも反省する点はありました。

和枝は入退院を繰り返しながら、だんだん実家である土志田の家ですごすことのほうが多くなっていきました。私は気になりながらも、それを注意することはなかった。

普通の体であれば、「嫁いだ身なのだから、帰りなさい」と私は厳しく言ったのだろう。けれども、和枝は、米軍ジェット機墜落という本来ならありえないような事故に遭い、言葉では言い表せないほどの痛みのともなう治療に耐えてきたのです。

和枝はこうも言いました。

「子どもたちの遺影が並ぶあの家に帰るのはつらい」

わがままだと承知で、わが家に迎え入れたのです。もし、無理にでも帰していれば、あるいは夫婦の心の歪みは決定的なものになっていかなかったのかもしれません。

和枝、私の対応のしかたが悪かったと思うかい。けれども、もし、いま一度あのときにもどったとしても、やはりお父さんは、和枝を突き放すことなどできないよ。

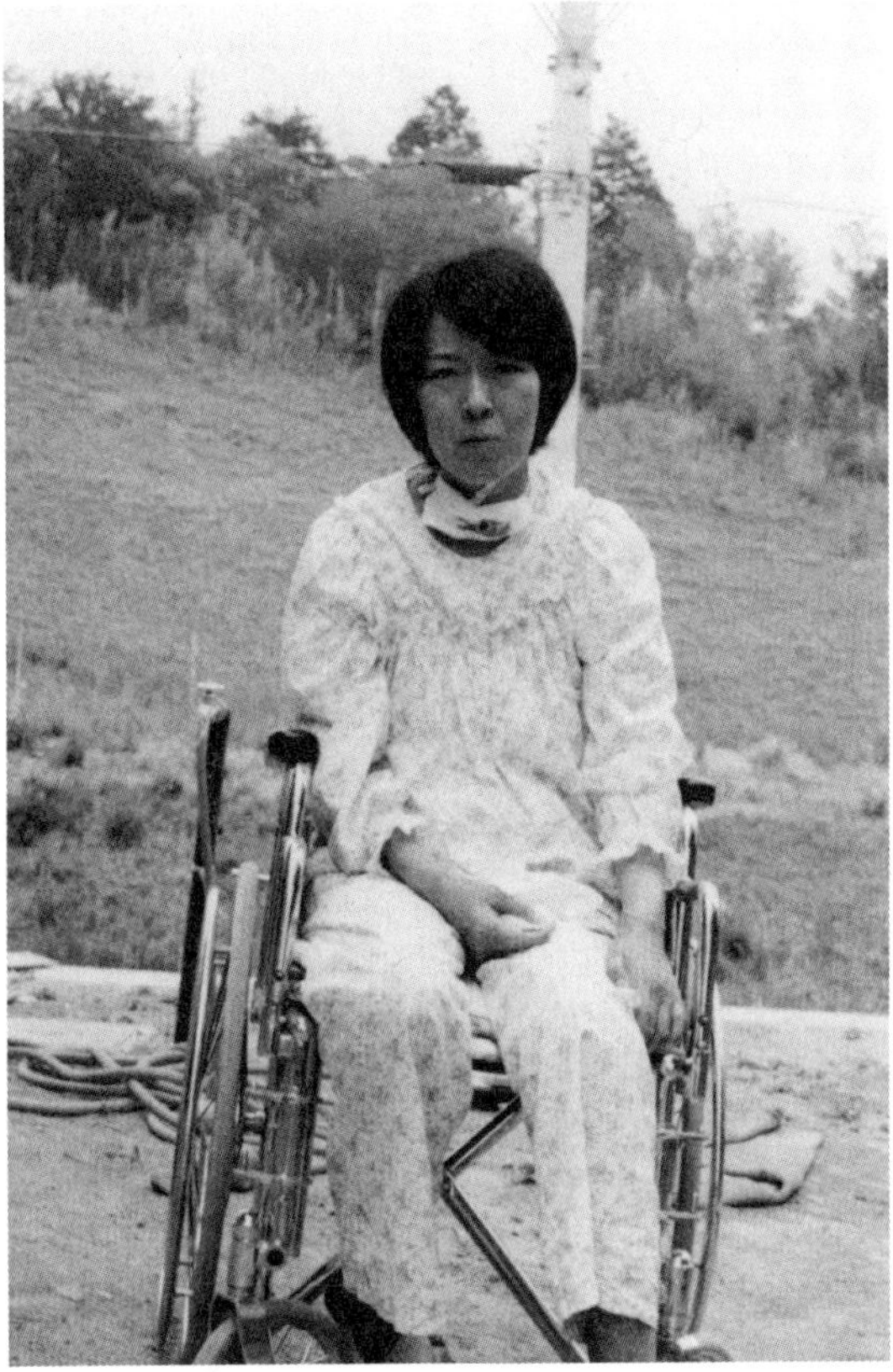

昭和54（1979）年5月、外泊許可が出たので帰宅した。

昭和大学藤が丘病院の整形外科より、一カ月を目処にした集中的なリハビリを勧められたのはそのころでした。

「一カ月で歩けるように心理療法を取り入れたリハビリを行いましょう」

ようやく和枝の心も落ち着いてきたところだったのでそんなに急がなくても……、という気持ちもありましたが、熱心に勧められました。

「お父さんはこれから何十年も生きられるわけじゃないから、自立できるようにしたほうが和枝さんのためですよ」

「和枝のため」と言われると否定するわけにもいきません。「心理療法」というものがどういうものかはよくわかりませんでしたが、心理学の専門家の力を借りるということでしたので、おまかせすることにしたのです。

リハビリの内容は想像以上にハードなものでした。

車いすは使ってはだめ、家政婦さんもつけてはいけない。横浜防衛施設局の職員の見舞いは断る。心理療法のために和枝を囲むそれぞれの役割分担も決められました。私は和枝にやさしく、夫は厳しく接する。和枝は、担当の先生の言うことは必ず聞かなければならないが、横浜防衛施設局にはいくら不満をぶつけてもいい。

リハビリが始まると先生は全面的に和枝の気持ちを自分のほうに向けていきました。

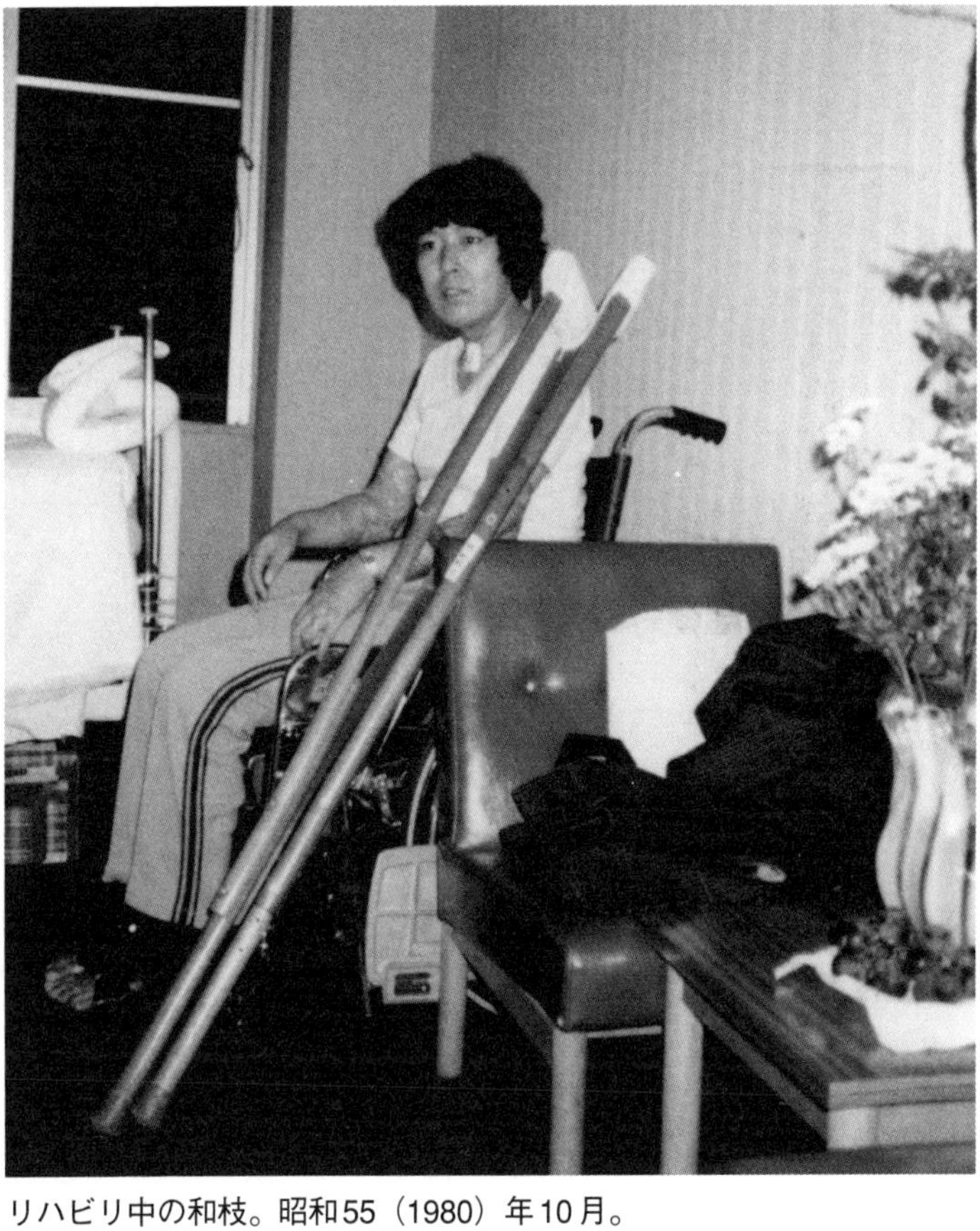

リハビリ中の和枝。昭和55（1980）年10月。

「よし、今日は十メートルも歩けた。すごいぞ」

和枝は、先生に褒められることがうれしかったようです。

確かに成果は目に見えるようにあがっていきました。和枝の歩く距離は、調子がいいと一日十メートルくらいずつ延びていく。

しかしリハビリがきついほど和枝の神経はいらだつのです。私が側にいると機嫌良くしていますが、いなくなると看護師さんにもささいなことであたりちらし、時には、食器が病室を飛ぶこともあったそうです。

私が二十四時間ついていていてやればよかったのだろうか。私の前ではいつも素直な娘だったのに。

それでも一度だけ、和枝が、果物ナイフで病室の網戸を破った後に行き合わせたことがありました。私は、驚き、たしなめました。

「人様の物を壊してはいけないじゃないか」

「だって、息苦しいんだもの」

和枝は平然として答えます。そして、さらに信じられないようなことを言うのです。

「先生は『よくやった』と誉めてくれたわよ」

私は言葉を失いました。心理療法とはそういうことなのだろうか。

そもそも横浜防衛施設局の職員にはいくら不満をぶつけてもいいとしながら、見舞いを制限した。来ない者に不満をぶつけられるはずもない。

和枝の不満がどんどん募っていったのは、当然の結果でした。

和枝は、公衆電話から、何度も何度も横浜防衛施設局に電話をかけたそうです。

「どうして来ないのよ。来なさいよ。あなたたちが、私をこんな体にしたんじゃない」

「いえ、私たちでなく、米軍機が……」

「そんなのおなじじゃない。とにかく来なさいよ。家政婦もつけてよ」

横浜防衛施設局は次第に和枝の電話が疎ましくなったのだろう。そのうち和枝がいつもかけていた番号に電話してもつながらなくなってしまいました。

和枝は、自分がなにを言ってもだめだと悟り、夫に頼みました。

「施設局に文句を言ってよ」

しかし、すでに横浜防衛施設局とも長いつきあいです。リハビリが始まるまではひんぱんに来ていましたし、花見に招待されたり、反対に和枝が一時退院したときにはホームパーティーに招いたりしていました。事故からしばらくは、被害者と加害者の険悪なムードもありましたが、次第によいつき合いを重ねるようになっていたのです。担当の職員とは個人的には友達関係になっていたともいえます。彼が、再び横浜防衛施設局に文句を言うことに、「なにをいまさら」と思った気持ちもわからなくもない。彼としては、不満をぶつけるよりも、和枝がリハビリに励み、一日も早く元の明るい生活にもどることを望んでいたのだろう。

和枝は、夫に対しても不満を抱くようになる。

「私の気持ちをちっともわかってくれていない……」

私はそんな和枝を見て、悔しい気持ちが少しでも慰められるのならと思いました。和枝の前で一度だけ横浜防衛施設局に電話をしました。

「和枝が来てと言ってるんだから、来てください」

和枝は喜びました。

うれしそうに私の顔を見つめて言うのです。

「やっぱり頼りになるのはお父さんだ」

和枝は、リハビリを終えて退院し、わが家にもどってきましたが、深夜になると、呼吸が苦しくなります。

和枝は、一階の洋間を使っていました。引き戸をはさんだ隣室が私と妻ツヤの寝室です。だいたい十一時ころには、私たちも和枝も床につくのですが、ひと寝入りしたころに、引き戸をドンドン叩きます。

「お父さん、苦しい」

深夜の一時、二時です。

様子を見に行くと、和枝は肩をゆすり苦しんでいます。

病院に連れていかなければ。

私は、背中に和枝を負って、車庫まで行き、車の助手席に横たえるように座らせると、昭和大学藤が丘病院まで飛ばしました。道はすいているので十分ほどで到着します。

なぜ深夜になると苦しくなったのかはわかりません。

夜に比べると昼間は、穏やかに時をすごしていました。テープで演歌を聞いていることが多かったと思います。私は仕事に忙しかったが、和枝の部屋の前を通ると、よく渥美二郎の『夢追い酒』大川栄策の『裏町人生』などが流れていました。

『なぜなぜ、私を捨てるの……』

「どうして和枝はあんなに悲しい曲ばかり聞くんだ」

和枝の聞いている曲が、どれも物悲しいものばかりだったので、長男隆が気にするほどでしたが、和枝も大人です。あまり深く立ち入らないほうがいいかと思いました。

和枝が逝った後にわかったことですが、この時点ですでに和枝たちの離婚届けは提出されていました。いまから思えば、和枝は、離婚という現実に行き当たった自分自身を慰めていたのした。


かもしれない。

呼吸が苦しくなるのも精神的な苦しみの現れだったのかもしれません。

病院に担ぎ込むのは一晩や二晩ではありませんでした。連日です。

私は日中は仕事をしなければなりませんから、深夜の病院通いは楽なことではありませんでした。

このままだと、私の体がつぶれてしまうかもしれない。

が、私は和枝の父親です。

私が和枝のことを責任を持って看てやろう。倒れたって構やしない。できるところまで頑張り抜こう。そう覚悟を決めました。

けれども、そんな日がつづくと、急患室から「毎晩来られては困る」と言われました。

そしてとうとう呼び出され、転院を促されたのです。

私はずっと和枝を励ましてきました。

「平坦な道を行く人は平凡な風景しか見ることができないだろう。山あり谷ありの道を行く人は、谷を越し、山に登れば、その道のりは苦しいけれど、すばらしい風景に出合うことができるんだよ。いま、和枝は谷を歩いているが、じき山に登れるはずだ」

和枝は必死で山を登っていました。苦しい治療に耐え、子どもの死を乗り越え生きてきました。

しかし、結局は頂上に登りつきすばらしい風景に出合う前に、ひきずり落とされてしまった。死んでしまっては、もう美しい風景に出合うことなどできないのです。

和枝の死を受け入れられない

私は、和枝の通夜の間中、自分自身に言い聞かせようとしていました。

「和枝は四年間がんばったが、力尽きたんだ」

けれども、いくらそのように思おうとしても思うことができませんでした。次第に体が弱ってとうとう死んでしまったというなら、そうも思えるのかもしれません。しかし和枝はやけどのほうはすっかり良くなっていたのです。危篤におちいる少し前には、退院後の夢を語るようになっていました。福祉の仕事をしたいとか、大好きなアクセサリーのお店を開きたいとか。

通夜の翌日、正午からは告別式が行われました。

その直前です。政府代表として参列していた吉野実防衛施設庁長官の姿をみつけました。怒りがこみあげ、私は自分自身を止めることはできませんでした。思わず走り寄りました。

「あなた方が誠意を尽くさないから、和枝は死んだ」

思いをぶつけました。

和枝は国の事故の被害者なのです。四年四カ月も頑張り、とうてい耐えられないようなつらい治療も受けてきた。なんとかして、生きていこうとしていた。

和枝は言っていました。

「防衛庁も防衛施設局も、来てほしいときにまったく来てくれない」と。

電話をしても「今日は休みだから……」「いま、忙しい……」などと無視をされたこともありました。ですが、病人には日曜日も夜間もないのです。

和枝が入院先の病院から、横浜防衛施設局にたびたび電話をして恨みつらみを訴えたのは知っています。確かに、行きすぎた行為だったと認めます。けれども、そういう風に和枝を追い込んだのは、いったい誰なのだ。もっと誠意のある態度を見せてくれていれば、和枝はそのような行動はとらなかったはずだ。

和枝は米軍ジェット機墜落という事故さえなければ、平凡な主婦として家族と仲良く暮らすことができたのです。

私は自分自身の怒りをのみ込むことはできませんでした。

しかし、私の怒る声もむなしく響くだけです。彼は「申し訳ない」と頭を下げるほかは、なにも言ってくれません。政府代表という立場で儀礼的に参列しているだけなのですから。

和枝の葬儀が終わっても、私はなにから手をつけていいのかわからず、呆然としていました。家業の生花店は長男がきりもりしてくれていましたが、仕事をする気持ちにもならないのです。私は、米軍ジェット機墜落事故以来、和枝を元気にすることだけを考えて生きてきました。その和枝が死んだいまも、頭からは、和枝のことが一時も離れません。持っていき場のない悶々とした気持ちを自分自身もてあましています。

和枝の無念な気持ちを和枝に代わって記録に残しておきたいという考えはありました。しかし、当時は自費出版なども知りませんでしたし、本を出すなんて、どうすればできるのか皆目見当もつかなかったのです。出版社に知り合いもいません。

和枝の遺体を自宅に連れて帰ってくる車のなかで、いま一度裕一郎と康弘を抱かせてあげよう、と約束しました。和枝が子どもを抱く母子像を造ろうと思ったのです。しかし、私のような一介の市民にそんな大それたものを果たして造ることができるのだろうか。

和枝は福祉の仕事に携わりたいと言っていました。

和枝は、事故の後、やけどの治療のために、多くの方がたから皮膚を提供していただきました。事故の翌年の三月二十九日、東京新聞が夕刊社会面のトップで「和枝さんに皮膚をください」という記事を載せてくれたのです。私たちは、見ず知らずの方が皮膚提供をしてくれるとは思えず、申し出があるかは半信半疑でした。ところが、午後四時ころから夜半までに、百八十七人もの人から提供を申し出る電話がかかってきたのです。その後、他のメディアも呼びかけてくださり、なんと千五百人もの方からお申し出がありました。温かい善意に触れ、私たち家族も和枝本人もどれだけ励まされたことかわかりません。

提供していただいた皮膚の下で、和枝の皮膚が生まれます。和枝の皮膚がうまくできたところで、提供いただいた皮膚は自然に落ちます。人様の皮膚を包帯がわりに使わせていただくのです。

一日でも長く、和枝の体につく方法をとるために、最終的には和枝と白血球の型がおなじ八十四人の方から皮膚をいただきました。あの方がたは、見も知らない他人のために交通費と時間をかけて病院まで来てくださいました。局部麻酔により、モモの外側五センチ四方がとられ、薬が塗られ、ミニブタの皮が貼られました。

このときの状況を、東京新聞は「お父さんが皮膚提供者の方がたに、三拝九拝でお礼を言い、牛乳を配っていたのが印象に残っています」と記しています。本当に「うれしかった」の一語につきました。

これらの善意がなければ、和枝の命は、あの段階で消えていただろうと思います。決して裕福とはいえない貧しい時代でした。しかし、ひとびとの心はこれほどに温かいものなのかと、私たちは、感謝の気持ちでいっぱいでした。あの方がたの太モモには、いまも消えることのない皮膚をとった跡が残っているはずです。

助けてくださった方がたのご恩に報い、和枝の希望をかなえることは、父親である私の使命だと思いました。

が、現実には、米軍、病院、防衛施設庁などへの言いようのない怒りが膨らむばかりで、なにも手につかないのです。つらく、苦しい日々……。

和枝は言っていました。

「カーター大統領からファントムを一機もらおうかしら、そしてアメリカにそれを落としてやるの」

冗談と本心の入り混ざった悲しい和枝の言葉。和枝はなんとか現実を受け入れようともがき、苦しみ、頑張っていた。私はそんな和枝を助けてやりたかった。

こんなことも言っていました。

「ハワイ島をひとつもらって、元気になったら、パパといっしょにそこに住もうね。私はハワイの島ひとつくらいもらう権利はあると思うの」

そうだね、それくらいの権利はあったのに……。

死んでしまっては、なにもできず……、なにも言えない。

どうしよう。どうしたらいいんだ。和枝はどう思う?

和枝の声は聞こえてきません。


ふと、自分の胸の内を誰かに聞いてもらいたくなりました。

近所のお寺のご住職の顔が頭に浮かびました。このあたりでは名の知られた方です。以前に二度ほど講話を聞いたことがありました。

寺に訪ねて行きました。

ご住職は快く迎えてくださいました。

「私は、いったいどうしたものか悩んでおります。どうすれば和枝が喜んでくれるのかわからないのです。この際、病院を訴えることも考えているのですが……」

「残された者の感情はさておき、亡くなった者は、生前の怒り、悲しみはすべて忘れさらなくては、成仏できないのですよ」

「はい……」

「忘れなければ、忘れられるまで余分に苦しむことになる。残された家族が忘れようとしなければ、和枝さんの後ろ髪を引くことになってしまいますよ」

わが家は神道なのですが、私は和枝が死ぬまではお盆に神前に手を合わせるくらいで、特段に信仰心があったわけではありません。しかし、このときのご住職の言葉はありがたいものでした。

ふっきれた気がしました。

あれほど頑張って生きようとした和枝。
和枝の頑張りがむだな努力だったとは思いたくない。
和枝の事故を世間に知らせ、事故のことを風化させないようにしよう。
離婚をしたいま、和枝のためになにかをしてやれるのはお父さんしかいない。

事故の記録を出版できる

それから間もない日のことです。
チャイムが鳴ったので、玄関を開けました。見知らぬ四十歳くらいの女性が立っており、私の姿を見ると深々と頭を下げました。

どなただろう。

和枝のことで取材を受けることも多かったので、またどこかの記者かと思いました。

「新声社の高橋と申します」

やはり記者のようです。上がっていただきました。

「突然申し訳ありません。新聞で和枝さんの病床での日記を読ませていただきました」

「そうですか、それで？」

「ぜひ、和枝さんの日記を単行本にして出版させていただきたいと考えております」

高橋己代子さんとの出会いでした。記者ではなく編集者でした。高橋さんの目は鋭く私を見つめていました。

私には願ってもないお話でした。ひょっとすると和枝が招いたのかもしれません。しばらくお話しすると、高橋さんがどれほどの熱意を持ち、和枝の日記を本にしようと思っておられるかが伝わってきました。

以降、高橋さんは毎日のように私の家に通ってこられました。私は心の内を洗いざらいお話ししました。

ずっと後になってから彼女から「あのときの土志田さんは、すごく怒っておられましたね」と言われたことがあります。

心のなかの怒りを吐き出すように話したのかもしれません。そして話すことで、自分の気持ちを少しずつ整理することができたのです。高橋さんの存在は、私にとってカウンセラー的な役割だったといえます。

和枝の死から四カ月経った昭和五十七（一九八二）年五月二十日。和枝の日記を中心に据えた四年半の記録が単行本となりました。タイトルは、『あふれる愛に』――著者は和枝です。

書店に出まわる前々日に高橋さんが、本を抱えてわが家にやってこられました。

「土志田さん、できましたよ」

うれしかった。

和枝との一つ目の約束が果たせたのです。

私はすぐにそのなかの一冊を和枝の神前に供えました。

できたよ、和枝。

和枝が頑張ったこと、子どもたちのこともしっかり記すことができたよ。

第四章

和枝との思い出

幼いころの和枝

和枝が生まれたのは、昭和二十五（一九五〇）年十二月十四日の朝方でした。妻の陣痛が始まり、私は一・五キロメートルほど離れたところに住む助産師さんを呼ぶために、急いで家を飛び出して行きました。霜柱の立つ道をザクザク音を立てながら。生まれたのは、四千グラム弱もある大きな子。その年は朝鮮戦争の始まった年だったので、平和への祈りをこめ、平和の和をとり和枝と名づけました。

二歳上に長男隆がおり、和枝は長女。二年後に次男が生まれましたが、生後すぐに死亡。和枝の五歳下に春江が生まれ、子どもたちは、実際には三人兄姉妹として育ちました。

和枝は小さいときからおとなしくて、親に面倒をかけない子だったよ。あまり泣かない。お父さんが、「少しは甘えたり、親におねだりするくらいのほうがかわいいんだよ」と何度か言ったことを覚えているかい。

ひかえめだけど辛抱強い。そんな和枝だったから、後に米軍ジェット機墜落という悲惨な事故にあったが、苦しい治療をも乗り越えることができたんだろう。

和枝たちがまだ幼かったころ、私は、農業を営んでいました。和枝はよく妹の春江を連れてお茶やお弁当を運んできてくれた。二人のこぼれるような笑顔はまぶしい太陽のようだった。

初めて仕事のために小型トラックを買ったときは、和枝は春江を抱っこして助手席に座った。よく走りまわりました。

質素な生活だったが、平和で楽しい日々でした。

が、妻が病気になり、子どもたちにも苦労をかけることになりました。

妻は、春江を生み、二年ほどしたころから、心臓の苦しさを訴えるようになったのです。病名は、心臓弁膜症。病院通いが始まり、入退院を繰り返すようになりました。和枝は小学校に上がったばかりでした。

妻は退院して自宅にいるときは、外仕事はできないが、子どもたちのお弁当を作ったり、掃除や洗濯はしていました。私の母がいっしょに暮らしていたから、妻の具合が悪いときは、母が子どもたちの世話をする。

戦後の混乱期でしたから、私は必死で働いていました。

妻の体調が悪いからと、子どもたちと遊んだり、どこかに連れて行ったりという余裕はありません。

小学生。おばといっしょに。

和枝7歳、七五三のお祝い。祖母といっしょ。

中学生。わが家は茅葺きだった。

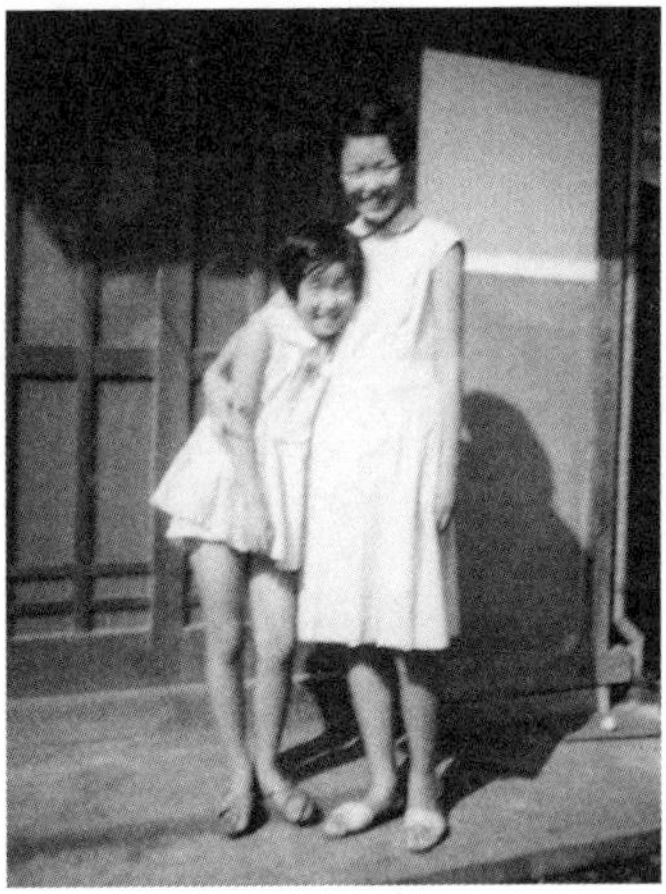

妹・春江とともに。

和枝たちの学校の参観日などでも、妻はあまり行けない。現在なら父親の出番なのだろうが、当時は母親が行けないなら父親が行こう、といった状況ではありませんでした。母も忙しくしていたし、子どもたちにはさみしい思いをさせたこともあったのかもしれません。

しかし隆も和枝も春江も、そんなわが家の状況をよく理解してくれて、兄姉妹で仲良くしてくれました。

妻は養生の甲斐もなく、昭和三十九（一九六四）年三月に死にました。

私は三十九歳、和枝が中学一年生のときのことです。

隆と和枝は手のかからない年齢になっていましたが、春江はまだ小学三年生。母親の手が必要です。

私はショックで沈んでしまったが、和枝は強かった。私の前ではじっと涙をこらえていました。

和枝よ、本当はさみしかったろう。

「お父さんによけいな心配をさせてはいけない。これからは私が妹のお母さんがわりになるわ」

そんな健気なことを言っていたと後に親戚の者から聞いたときは、胸がつまったよ。

和枝は、授業が終わると、友達と遊ぼうともせず、すぐに帰ってきて春江といっしょに買い物に行くようになりました。和枝はまさに春江の母親役でした。

私は、そんな姉妹の様子を見ながら、なんだか和枝が不憫に思えました。春江には和枝がいる。隆は男の子だし、厳しくしていたが、よく話し合いをしていた。和枝のことは、もっと面倒をみてやりたいなあ、と思いつつ、手のかからない子なので、ついつい後まわしになってしまう。ほとんど構ってやることはできなかったように思います。

生花店を始めた

私は、大正十四年七月六日に生まれました。わが家は代々、横浜市の北部で農業を営んでいました。当時の自宅所在地は神奈川県都筑郡田奈村でした。父親は私が六歳のときに病気で死にました。その後、父方の祖父母と母と私、妹の五人暮らしです。母は早くに夫を亡くし、苦労したことと思います。

私は尋常高等小学校で八年勉強し、十六歳から四年間は地元の郵便局の貯金課に勤務しました。本来なら二十歳で兵役に行きますが、通信業務に就いていたためか一年延期となり、二十一歳になったばかりの八月一日に静岡県の部隊に入隊しました。しかし、その年は昭和二十（一九四五）年で終戦の年だったのです。十五日後には天皇陛下の終戦を伝えるラジオ放送があり、すぐにもどってくることができました。幸運でした。

帰ってきてからは、母を手伝うように、農業に就きました。戦後の食べる物がない時代でしたが、農作物のおかげであまり困ることはありませんでした。

都会から、奥さんたちが着物を持って、買い出しに来ます。せっかく、着物に替えて、食料を手にされても、駅に行くまでに、みつかってしまうこともありました。食料は「配給」と決まっていた時代でしたから、「食糧法」違反で没収されてしまうのです。

いまから思えば、考えられないような時代です。

以来、私はずっと農業に従事してきましたが、昭和四十一（一九六六）年に東急電鉄の田園都市線が開通。東京のベッドタウンとしてこのあたりも急激に人口が増加していきました。路線開通に先だって、沿線では区画整理が行われました。そのためわが家の田畑は休耕になりました。

東急電鉄は、地元住民の転業を一生懸命考えてくれました。わが家は青葉台駅の真ん前という場所がら、最初はレストラン経営を勧められました。けれども、農業しか知らない私にそれは難しいことです。農業の傍ら、花の栽培も手がけていたので、園芸店を開こうと決めました。

昭和四十二（一九六七）年四月に「青葉台ガーデン」をオープン。

和枝（左端）、高校生。仲の良い学友と。

いまでこそ、駅前は活気あふれる町並みになっていますが、当時は道路沿いにちらほら店が並んでいる程度でした。

最初は苦労しました。農業しか知らない素人が店を経営するのです。いい花を仕入れなければならない。お客様に買っていただかなければならない。オープンからしばらくは、店と自宅が離れていたので、忙しくて、なかなか自宅に帰れないほどでした。

順調に仕事が進むようになるまで三年ほどかかったかと思います。

現在の妻ツヤが後妻に来てくれたのは、この「青葉台ガーデン」を開く二年ほど前のことです。次女春江はまだ幼かったが、和枝は中学生、長男隆は高校生と難しい年頃になっていました。継母にうまく馴染んでくれるかと心配しました。が、和枝はすぐに「おかあさん」と呼び、慕うようになったので、安心しました。

和枝の結婚式の日のこと

和枝は、父親の私が言うのもなんですが、地元では評判のいい娘でした。

和枝は高校を出てから洋裁の勉強を二年つづけましたが、ちょうどそれが終わるころ、現在駅前にある東急百貨店からストア内に生花店を出さないかと話が来ました。青葉台ガーデンの支店となり、和枝にまかせることにしたのです。

和枝は、およそ三年間でしたが、はりきって、店をきりもりしていました。そのころ、あちらから、こちらからと縁談が持ちこまれました。

そのなかの一件のお相手が彼だったのです。

東急百貨店のお店を始めて、二年ほど経ったころでした。

彼は和枝を見初めて、ぜひにと言っていると知人を介して話がありました。

私は彼とは顔みしりでした。東急田園都市線沿線には、社員寮とか独身寮とかがずいぶん建っています。路線開通の区画整理にともない建てられたものです。地主の集まりがあり、私も彼もそのメンバーで、ときどき顔を合わせていました。

私は彼にとても好印象を抱いていました。彼は私と同様、父親を早く亡くしており、母親と妹が二人、弟が一人の五人家族でした。若いのに責任感のある青年です。地主の集まりは、私くらいの年代の者が中心でしたから、彼にすれば親子ほど年の違う者ばかりのなかに混ざっていたことになります。しかし、臆することもなくしっかり発言していた。「彼なら、和枝を託せる」という気持ちになりました。

それに、近所ですし、結婚しても和枝は遠くに行かなくてすみます。できれば、嫁いでも近くにいてほしいというのが父親というものです。

和枝に見合いの話をしてみました。

「和枝、どうだろうね」

会うくらいならいいわよ、という返事を予測していたのですが、

「お父さんの目で見て、いいと思うなら、私は結婚してもいいわ」

あまりにあっけない返事に驚きました。

「だって会ってみないとわからないだろ」

「お父さんが気に入った人なら大丈夫よ」

一昔前なら、親の言うとおりに結婚するということもあったようですが、もう、そんな時代ではありません。

和枝の本心はわかりませんが、私が喜ぶ結婚をしたいと思っていたのかもしれません。「結婚するなら、お父さんのような人がいい」とも言っていました。

和枝は彼と、一年くらいおつき合いをつづけました。出会ったきっかけはお見合いでしたが、とても気が合ったようです。デートを重ね和枝はとても楽しそうでした。昭和四十八（一九七三）年十月十日、東京の目黒雅叙園で結婚式をあげました。和枝が二十二歳、彼は二十七歳でした。

披露宴が終わって、私はたばこを吸うためにロビーに出ました。すると、和枝がウエディン

結婚を前にした和枝、22歳。

グドレス姿のまま追いかけてくるではありませんか。

「お父さん、長い間お世話になりました」

「そんな堅苦しい挨拶はいらないよ」

「私、一番お父さんを信頼しているのよ」

和枝は私にしがみついてきます。

他の人からすれば、花嫁衣装を着たまま父親に抱きつく娘の姿は異様な光景に見えたかもしれません。和枝はおかまいなしです。私も和枝の背中に手をまわし、二人で涙を流してしまいました。

「信頼しているのよ」

その言葉がいまもはっきり耳に焼きついています。

実母を早く亡くしたせいだからだろうか。

そんなに私のことを思っていてくれたのか……。嫁ぐ日に娘から贈られたこれ以上ないうれしい言葉でした。

和枝は結婚して、翌年、長男裕一郎を出産しました。一年おいて次男康弘を出産。二人の子どもに恵まれ、幸せに包まれていました。

近所ですからよく会いました。車に二人の子どもを乗せて遊びにきました。

結婚後、ご近所へ挨拶に出かける和枝。

子どもを出産して、かなりやせてたのに、左手に康弘をひょいと抱き、右手に裕一郎の手をひいている。母親になるとたくましくなるのだなあ、と驚きました。

裕一郎は気持ちのやさしいおっとりとした子でした。康弘は色の黒い子でしっかりした顔だち。兄弟けんかをするとお兄ちゃんを負かしていました。二人とも、それはそれはかわいかった。

私も、生花市場の帰りに和枝のところによく立ち寄りました。仕入れたばかりの花を和枝は喜んでくれた。和枝はピンクのバラが一番好きだった。

和枝は、お昼ご飯をつくってくれて、たびたび、ごちそうになりました。私は荏田食堂と呼んでいました。横では裕一郎と康弘が仲良く遊んだり、時にはけんかしたり。和枝はそんな子どもたちをいつも温かいまなざしで包みこんでいました。

愛する二人の子を奪われた

私は、和枝がどれほど二人の子どもたちを愛しているかよくわかっていました。わかっていただけに、米軍ジェット機墜落事故の後、その死を隠すことは、つらく悲しすぎることでした。

一年四カ月もの間、母親である和枝に、その死を隠し通したのです。

和枝はやけどで苦しい体のうえ、耐え難い治療を受けていました。

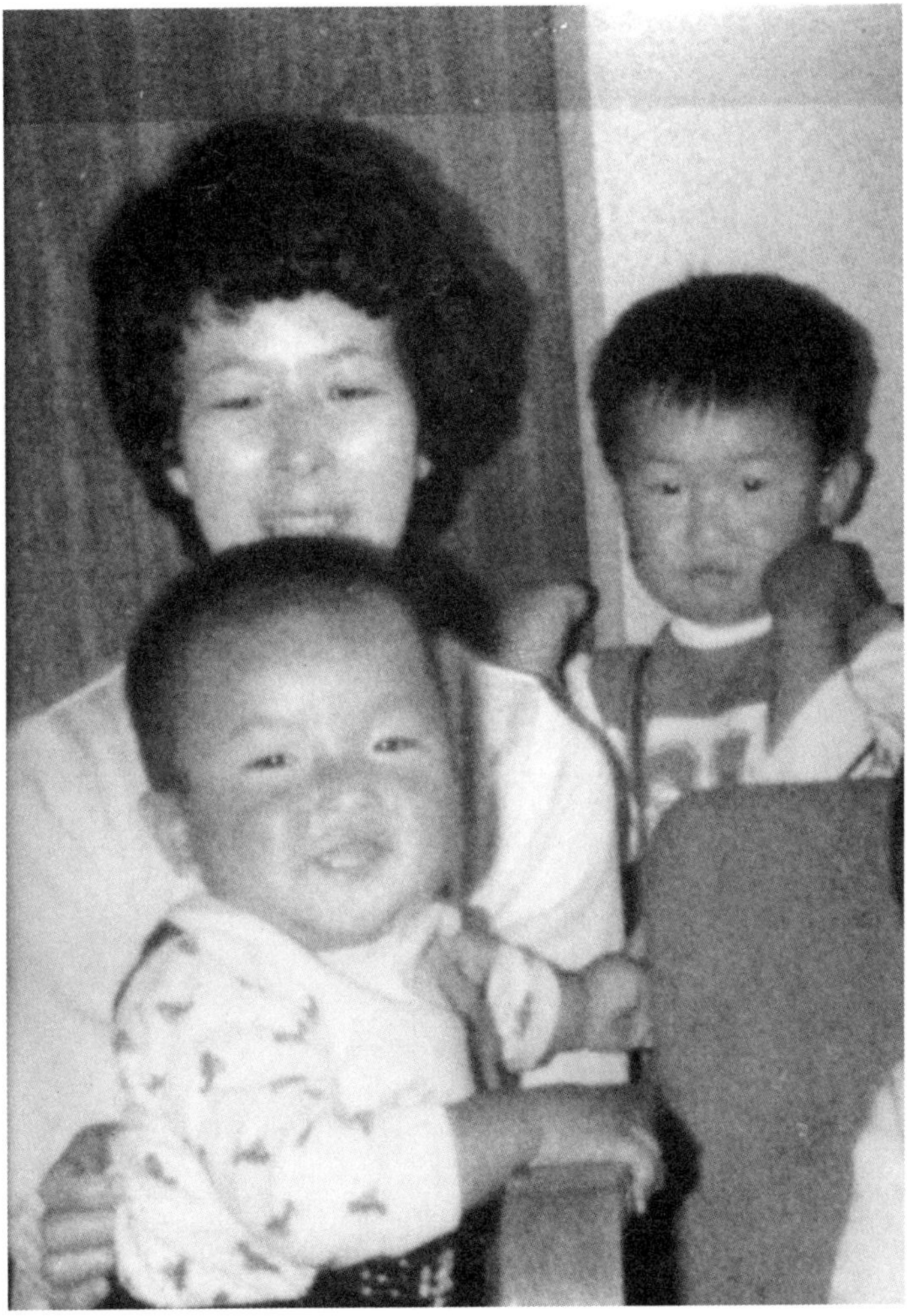

裕一郎（右）と康弘を抱いた和枝。

和枝を励ますには、子どものことを言うほかなかった。

「裕一郎や康弘もがんばっているんだよ」

うそをつき、和枝にかわいそうなことをしているという気持ちがありましたが、和枝の気力を維持させるにはそれしかなかったのです。

和枝には、子どもたちはとてもやさしい家政婦さんがつきっきりで世話をしてくれていると話していました。すると、和枝は、体調がやや良くなってきたある日、感謝の気持ちを表す手紙をその家政婦さん宛てに書いたのでした。実在しない家政婦さんに宛てたその手紙は、今も私の手元に残っています。

（以下、和枝の書いた物は原文どおり）

拝　啓
いつも子どもたちがお世話になっております。私は子どもたちの母親です。いつも主人や妹からそちらの様子を伺っております。貴方様は子ども達のめんどうを大変よく見て下さっているそうでとても感謝しております。
貴方様には早くお礼申し上げなければと思っておりましたが私も何十回もの手術をして、最近いくらか体の痛みもとれ楽になり、手紙を書ける状態になりました。ほんとうに遅くなって申し訳ありません。

毎日いろいろとベッドの上で考えることがたくさんありますがやはり母親として子どもの事が一番心配になります。痛くて眠れないのではないか、苦しくはないか、などなどとから限りなく湧き上がってきます。

一つお願いがあるのですが、これから書くことを子どもたちに読んで聞かせてやっていただきたいのです。

「裕ちゃん、康ちゃん元気ですか。先生や看護師さん、おばちゃんのいうことちゃんときいていますか。いい子にしていれば痛いのなんか遠くの方へ飛んでいっちゃうよ。裕ちゃん康ちゃんはゴレンジャーみたいに強いでしょ。だからあんまり泣いたりしたらおかしいよ。ママも裕ちゃん達と同じで先生や看護師さんに痛いの治してもらっているの。裕ちゃん達とママとどっちが早くよくなるか競争だね。

ママ、まだ歩けないので裕ちゃん達のところへ行けないのでお手紙書いてお話ししたいんだけどな。

裕ちゃん達はまだ手紙という事がよくわからないと思うけどもしママにお話ししたい事があったら、おばちゃんか、ゆっ子ちゃんにお願いしてお手紙書いてもらってね。

裕ちゃんはお兄ちゃんだから康ちゃんのこといじめてはいけないよ。仲良しにしていてね。裕ちゃん康ちゃんが早く元気になるようにママいつもいのっているからね。ご飯いっぱいたべてね。それじゃバイバイ」

いろいろ勝手な事書いて申し訳ありません。これを読んで子ども達が思い出して泣くようならもう書きませんが、もし嬉しがる様でしたらまた書きたいと思います。子ども達の様子おしえていただけたら幸いに思います。どのような方法でもけっこうです。

それでは貴方様もお体に気をつけて下さい。

子ども達のことこれからもよろしくお願い致します。

敬具

昭和五十三年十一月十一日

和枝の残したメモや日記

事故から八カ月が経過したころ、皮膚移植の麻酔がのどを傷め、和枝は呼吸困難におちいりました。

のどを切開し、小指が入るくらいの穴をあけ呼吸がスムーズにできるようにカニューレを挿入しました。呼吸は楽にできるようになりましたが、和枝は声を出せなくなってしまったのです。

どれだけつらかったことだろう。

次第に慣れると、カニューレを指で押さえ、なんとか声を出せるようになったものの、不自由ですし、最初はまったくだめでした。

それまでやけど治療のための薬浴のとき「痛い」「やめて」と必死で訴えていました。声を上げることで、つらさを乗り越えてきたのです。

声が出せなくなったため、それすらできなくなってしまいました。治療が行われても、和枝が「痛い」と言わないから、医師は手を休めない。地獄のようなつらさだったことだろう。

和枝は、自分の言いたいことを表すために紙に文字を書き、筆談するようになりました。

いまも私の手元には、山のように和枝の書いた紙が残っています。いつか、和枝と「こんなこともあったね」と笑って話せる日が来るだろうと思って信じていたのですが……。形見となってしまいました。

和枝の手記から

本もないから熱中することもできない。明日にでもいい。本よみたい。自分で自分を苦しめてしまうのもこわいことだね。今私はそんな状態にあるのでこわい。お父さんそばでいろいろ話していてくれると安心する。私の気持ちを全部理解してくれるので。いなくなると不安になってしまう。もっと強くならなくてはと思ってもすごく不安が強くなってしまってこわい。少しノイローゼ気味みたいな感じでこわい。

乱れた字で書かれた和枝の手記の一枚は、声を出せなくなってしばらくしたころに書いたものです。

和枝は一人になるのが怖いようだったので、私は毎日病院に行くようにしていました。行くと、少しでも長くいてほしい様子でした。

また、事故から一年を経過したころから、和枝は私にも夫にも内緒で日記をつけ始めました。書くことにより、自分自身を応援していたのではないか。「子どものためにしっかり生きよう」と。

日記より

昭和五十三年十一月一日　晴れ

車椅子の散歩も楽しくなり、今日行動範囲を広げて地下の売店まで行ってみた。自分の力で行ってみようと思ったがパパも看護師さんもいたので、今日は下見ということで次回

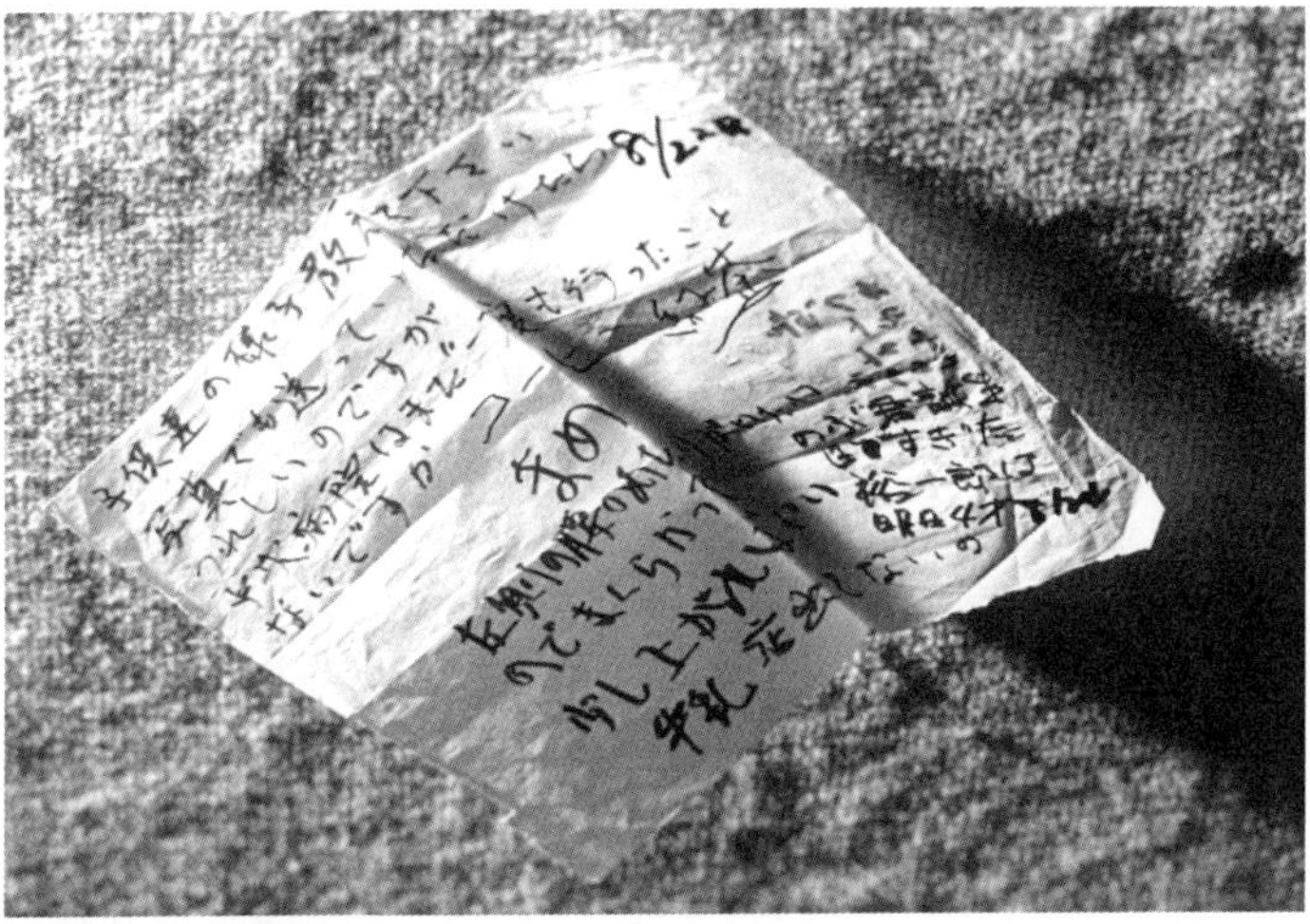

事故から約1年経った昭和53（1978）年8月22日の和枝のメモ。
「子供達の様子教えて下さい
　写真でも送っていただけたらうれしいのですが
　中央病院はまだ一度も行ったことないですか」
　和枝は子どもたちは自衛隊中央病院に入院していると思っていた。
　右下には、
「裕一郎は明日4才　8 / 24」
　と書いているが、“明日”ではなく“明後日”だった。

やってみようと思い楽しいショッピングをした。

午後は母が来てくれた。母もいつも来るたびにいろいろと気を使って世話をしてくれありがたいと思った。義理の母でもこれだけつくしてくれる人はなかなかいない。

夜は父は来れないらしいということだったが、パパも八時過ぎても来ないので、今日は会えないでさみしい。でも明日が楽しみだ。


彼は時間があると、日に二度も病院に通っていましたが、それでも和枝はいつも待ち遠しい様子でした。

私の妻も、和枝の事故以来、本当に和枝のためによくやってくれました。最初は病院に泊まりこんでくれていた。義理の関係とはいえ、和枝を心から励まし、支えてくれました。

昭和五十三年十一月六日　月　晴

パパが帰った直後、当直の看護師さんが今日はお風呂のないことを知らせてくれた。もう少し早くわかれば、パパとドライブに行けたのに残念だった。

午後からはリハビリに行った。平行棒と網でできた手の運動用の道具で練習した。やり過ぎる程はやらなかったがだいぶつかれた。夜には父がいつものごとくきてくれた。疲れ

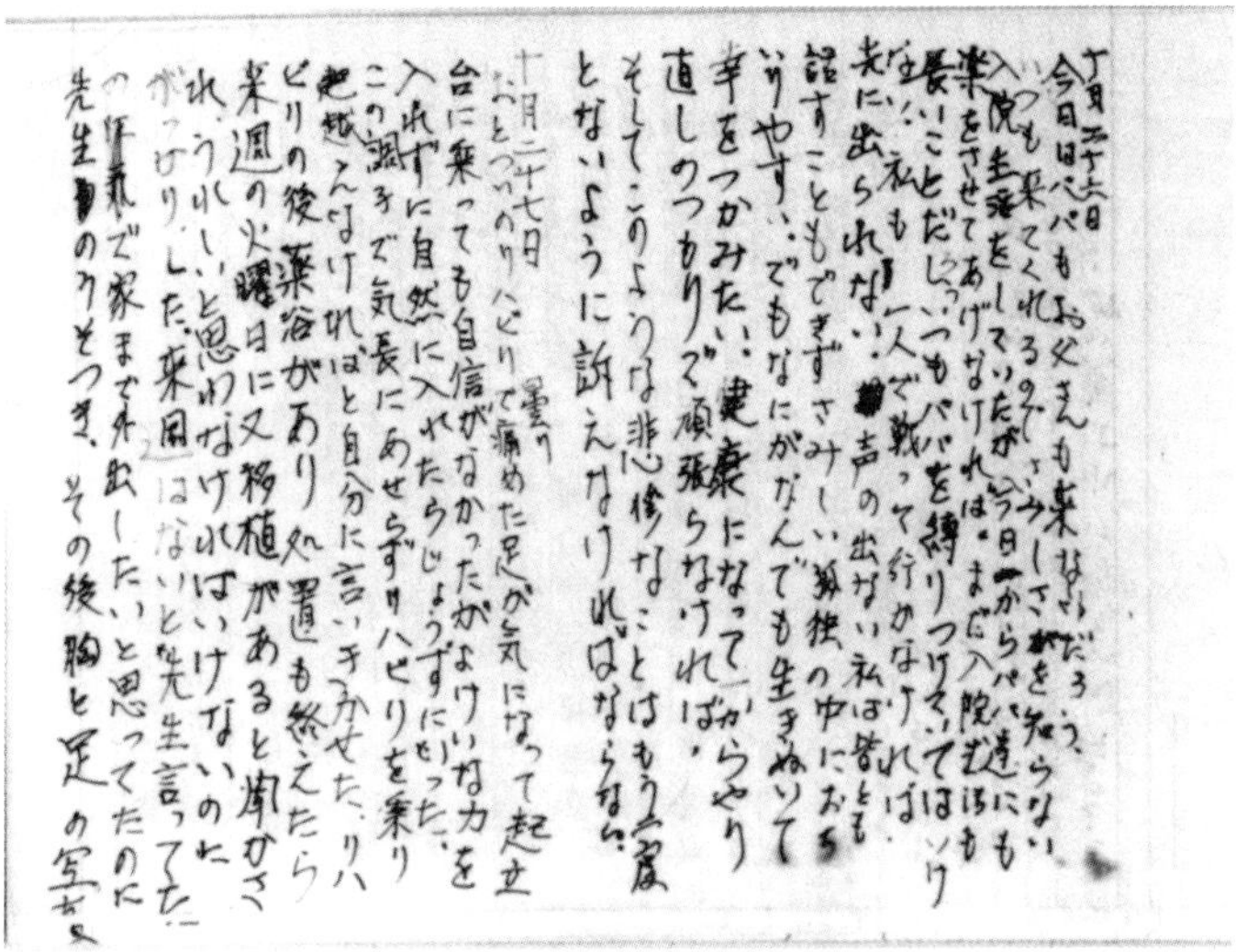

十月二十六日
今日もパパもお父さんも来ないだろう、いつも来てくれるのでさみしさを知らない。入院生活をしていたが今日からパパ達にも楽をさせてあげなければ。まだ入院するもソけ長いことだし、いつもパパを縛りつけていてはない。私も一人で戦って行かなければ表に出られない。声の出ない私は皆とも話すこともできずさみしい孤独の中におちいりやすい。でもなにがなんでも生きぬいて幸をつかみたい。健康になって一からやり直しのつもりで頑張らなければ。そしてこのような悲惨なことはもう二度とないように訴えなければならない。

十月二十七日　曇り
おふとつかのりハビリで痛めた足が気になって起立台に乗っても自信がなかったがよけいな力を入れずに自然に入れたらじょうずにやった。この調子で気長にあせらずリハビリを乗り越えなければと自分に言いきかせた。リハビリの後薬浴があり処置も終えたら来週の火曜日に又移植があると聞かされた。うれしいと思わなければいけないのにがっかりした。来週はないと先生言ってたので体で家まで外出したいと思ってたのに先生のうそつき、その後胸と足の写真

和枝の日記。

た顔を見せてはと、なるべく笑顔で話した。そのうち父がチャンスは三回くるということを話してくれた。そのチャンスをいかに有効につかえるかはその人次第だということだ。私はまだまだこれからくると思って歩いて行きたい。

私はこんな話をしたことを覚えています。

「誰にもチャンスは三度あるというだろう。振り返ってみると、お父さんの場合も、ああ、あのときがチャンスだったんだな、と思えることが三度あったよ。そのチャンスはなんとかモノにできた気がする。和枝の場合もチャンスがあった。皮膚を提供していただくというチャンスに恵まれた。和枝はそれを生かした。和枝、これからも二度、チャンスはある。そのチャンスを生かすも殺すもその人次第なんだ。だからがんばらなくちゃだめだよ」

和枝は私の言葉を心に刻むように、日記に記していたんだね。

昭和五十三年十一月三十日　木　晴

九時半頃、パパが来てくれた。パパが来ると心がはずむ。楽しく話しをしていると、婦長さんが見え次に主任さんも見え、その後、青木先生、看護師さんが見え、部屋があふれるほどだった。病院の中でもこんなに大勢の人で楽しく会話できることもあるのだと思った。その後、子どもにあげる鶴を八百羽まで作った。一時に帰った。今日は近所の有志で食事会をやるそうだ。夕食まで誰も来なかったが、最近は病院生活も楽しく過ごせるようになったのでさみしさはそんなに感じなくなった。六時頃、食事を持ってきてくれた。一日の出来事を話して、それから防衛庁の話しが出た。今日来た係の人の態度もおかしいし、近頃、皆、私のところへ来るのを避けているような感じだ。今はまだあまり言っても仕方ないので治ってから言うべきことはきちんと言いたい。

「パパが来ると心がはずむ」、和枝の気持ちを集約したような表現です。こんなに、仲の良い二人だったのに、この日記を書いてから三年後に離婚に至ってしまったことが残念でなりません。

日記には、まだまだ和枝の言葉が並びます。しかし、子どもたちの死を知らせてからは、途切れがちとなってしまいました。子どもたちの「生」を信じていたときは、書くことで自分自身を励ましていたのだと思いますが、子どもたちの死を知ると、励ます気持ちも失せてしまったのだろう。

この日記帳が見つかったのは、和枝が死んだ後でした。長男の妻ツヤ子ががたんすの整理をしていて見つけてくれました。

もう少しで退院するはずだったが

和枝は事故から四年三カ月後に、長い間入院した昭和大学藤が丘病院から国立武蔵療養所に転院しました。

国立武蔵療養所に移った直後は精神科であることに戸惑っていましたが、間もなく転院のショックから立ち直ったのか、どんどん元気になっていきました。青葉台の自宅からは昼間だと道が混んでいて、片道二時間もかかるため、私は毎日は見舞いに行けなくなりましたが、行かない日も穏やかに日々をすごしていたようです。

和枝さえ元気になってくれれば、私はそれでよかった。

転院させられたことも、行きすぎのあったリハビリも、すべて水に流そうと考えていました。

夫とうまくいかなくなったこともしかたない。

私は、和枝の退院後のことを真剣に考えるようになりました。

彼と別れるのなら、自立させる必要がありました。

家の花屋の店先でたばこ屋をしてはどうか……。専売公社（現ＪＴ）に行って、権利の申込書をもらってきました。

それとも和枝の好きなアクセサリーの店を開いたほうがいいだろうか。自宅隣を喫茶店に貸しているが、出ていってもらって、そこを店舗にしてはどうだろう。

そんな話を和枝にも話してやりました。

「本当なの!?　お父さん」

和枝が、目をうるませて喜んだのは、死のつい一カ月前のことでした。


退院もいよいよ間近です。

見立てておいた反物を着物に仕立てて病院に持って行ったのは、死のわずか五日前のことです。

紫の小紋の美しい色調を見て、和枝は言いました。

「どう、似合う？　赤坂の芸者さんにでもなろうかしら」

袖を通し、帯を当ててておはしゃぎ。

「お父さん、私、もうすぐ退院できるそうだから、着初めは家に帰ってからにするわ」

和枝はにこにこしながら着物をたたみました。

第五章

もう一度、和枝に子どもたちを抱かせてやりたい

賠償交渉の席に着くことに

和枝の四十九日を終え、単行本『あふれる愛に』作成のための資料整理や原稿の用意もめどがたち、あとは出版されるのを待つばかりとなったときです。

私には、やらなければならないことが待っていました。

和枝の命をお金に換算する賠償金交渉を国と行うことでした。

「和枝さんの賠償金の交渉に入らせていただきたいのですが、調べましたところ土志田さんが相続権者でございますので、どうぞよろしくお願いいたします」

横浜防衛施設局からの申し出でした。

賠償金というものは、症状が安定した時点から交渉が始まります。どれだけの後遺症、損害があるかわからない段階では、被害を被った額を算出することができないということです。

和枝の子どもたちは、事故の翌日に死亡したため、賠償交渉はすでに終了していました。和枝の分は、症状が安定しないため、延び延びになっていたのです。すっかり良くなってからのはずだったのに、子どもたち同様、「症状の安定」＝「死」となってしまいました。

和枝は、死んだ時点で、戸籍上、夫と正式に離婚していたので、賠償交渉の席に着くのは、相続権のある父親の私ということになったのです。

子どもたちの賠償額が決定したのは、事故後ちょうど三年経過した昭和五十五（一九八〇）年九月二十六日のことでした。その翌日の新聞には「二児に賠償決定」という見出しが大きく取り上げられたことを覚えています。額は約一億円と記されていました。

一億円という金額が高いのか低いのかは、私にはわかりません。

報道によると、国は、交通事故の判例をもとにその金額をはじき出したようです。裕一郎と康弘の場合、本人に落ち度はまったくなく、両親は二人の子どもを一度に亡くした。しかも、母親である和枝も重傷で治療中であることが加味され、かなり高めの額になったということでした。

あの子たちは国の犠牲となったのに、交通事故扱いなのか……。

私が記事を読み、感想があるとすればそのことだけでした。

和枝はこの額をどう感じたのか聞くことはありませんでした。

おそらく、和枝は、私以上に賠償額には、興味がなかったのだろうと思います。和枝にとって、返してほしいのは、裕一郎と康弘だった。その命だった。

一億円であろうが、三億円であろうが、そんなことはどうでもいい。

和枝は、交渉中に一度だけ私に言いました。

「私はこんな体だし、お父さん、交渉の席に同席してくれる？」

賠償交渉は子どもたちの父親である夫がやっていましたが、和枝も少しは気になったのかもしれません。

私はそのときだけ同席しました。けれども、終わっても和枝からどんな内容だったかたずねてくることはなかった。

やはり、和枝は子どもたちをもう一度自分の胸のなかに抱きしめることだけを願っていたのだと思います。


こういう事故に遭った場合、誰もが切に望むことは、元の暮らしにもどることです。人間の命や心の傷は、他のもので償うことなどとうていできない。しかしながら、どうしてもそれが不可能だから、お金で決着をつけることになるのです。

お金での決着のつけ方にも二通りあります。

和枝の夫は示談という道を選びましたが、民事訴訟を起こすという道もあります。

おなじ事故で奥さんの悦子さんが重傷を負った椎葉寅生さんは、民事訴訟の時効成立前日の昭和五十五（一九八〇）年九月二十六日に損害賠償を求めて、横浜地方裁判所に提訴されました。裕一郎と康弘の賠償額が決定した同日のことです。

被告は国と墜落した飛行機のパイロット二人。

米軍ジェット機の搭乗員を相手に裁判を起こしたのは、日本で最初のことであったため、世間からも注目されました。

和枝の夫のところにも「いっしょに闘いましょう」と椎葉さんから誘いがあったようです。彼は彼なりの結論として訴訟ではなく示談の道を選んだのだと思います。

この訴訟に対して判決が下されたのは和枝も死んだずっと後で提訴から七年目、昭和六十二（一九八七）年三月のことでした。横浜地方裁判所は「公務中の米兵にも日本の裁判権は及ぶ」とする初めての判断を示しました。

つまり、米兵への裁判権が認められたわけです。

画期的なことだと大きく報道されました。

彼らが事故を起こした当事者なのだから、考えようによっては裁判権が認められることは当然のことです。けれども、在日米軍は、日米安保条約や地位協定で、特殊、特権的な地位を保障されています。それまで、公務中の米軍人の「犯罪」について刑事責任が問われたことは一度もなかったのです。また、米軍機やその航行の安全性については、日本にはチェックをする権限はなく、米軍を信頼するしかない。

和枝たちの事故後の処理も、信じられないものでした。

事故直後に現場に到着した米兵たちが行ったことは被害者の救出でも、被害状況の確認でもなかった。周辺の人たちを事故現場から締め出すことだったと聞いています。

事故の翌日には、警察と米軍との合同の現場検証が行われました。けれども、それは形だけ。実際には、米軍中心に進み、警察は見守り役。そして、米軍は事故機の残骸をさっさとクレーンで引き上げ運び去ったそうです。

墜落原因は、エンジン部のアフターバーナーの組み立て不良により、燃料がもれ炎上、墜落、という発表がありました。整備ミスによる人災だということははっきりしたのです。ところが、整備に携わった責任者の名前などは明かされないままでした。エンジン部は、米軍が早々に米国に持ち帰ってしまいました。

結局は、きわめて政治色の濃い背景のなかで、事故原因、事故責任はうやむやにされたのでした。

椎葉さんの訴訟への判決はそういう日米関係に一石を投じるものだったのです。

「椎葉さん、やりましたね」

私は、心のなかで何度もつぶやきました。

新聞報道によると損害賠償額は、当初、国が椎葉さんに提示していた損害賠償金を大幅に上まわる額だったようです。

しかし、判決により椎葉さんを喜ばせたことは、アップした賠償額などではなかったはずです。椎葉悦子さんは、重傷者のなかではもっとも入院期間が短くて済んだとはいえ、身体の傷みに加え、心の傷にも悩まされたそうです。

突然、飛行機が頭の上に落ちてくる。

おそらくこの恐怖は、経験した者でないとわからないだろう、と思います。和枝もまた事故以来、ずっと飛行機を恐れていました。

事故から一年ほど経過したころ、米軍ジェット機の超低空飛行が行われたことがありました。和枝は体が跳ね起きるほどショックを受け、体をふるわせた。三日間血圧が急上昇、全身に変調をきたしました。

その後も、上空に飛行音がするたびに、「こわい、こわい」と言いながら、耳を両手でおおっていたものです。

私は和枝の気持ちを察することができず、

「そうたびたび、飛行機が落ちるわけがないんだし、だいじょうぶだよ」

と声をかけましたが、なんの慰めにもなりません。死ぬまで、ずっと恐れていました。おそらく椎葉さんの奥さんもおなじだったことだろうと思うのです。

事故から十五年経過した新聞に、椎葉さんの記事を見かけましたが、そのとき、なお奥さんは家に閉じこもりがちだと書かれていました。体調がすぐれず、特に直射日光に当たるのが良くないとか。

椎葉さん一家は、事故の責任の所在をはっきりさせようと、六年半もの長い間、闘い抜かれたのだと思います。事故原因の究明は果たせなかったものの、これまで米軍になにも言えなかった被害者が、加害者の米兵を相手取って、裁判を起こせることが明らかになったこの判決は歴史的な快挙といえます。

自分の言葉で不満をぶつけたい

椎葉さんの判決が出る以前に和枝は死亡しました。

和枝の命を賠償してもらうために、私にも椎葉さんのように、国と米兵を相手に民事訴訟を起こすという選択肢がなかったわけではありません。

けれども、そのときの私は訴訟を起こす気持ちにはなりませんでした。

それは、訴訟を否定する気持ちとは違います。椎葉さんの努力には敬意を表しておりました。

ただ、私の場合は、和枝が死に、納得のできない腹だたしい思いを自分自身で、国にぶつけたいという一心だったのです。

結果から言いますと、私の選んだ道は示談です。

「訴訟」に対し「示談」という言葉には、穏便にことを済ませるといった響きがあります。しかし、当時の私にはそんな意識はみじんもありませんでした。

「賠償交渉」とは、自分の思いをぶつけるための場であると解釈したのです。

自分が、自分の言葉で、国に文句を言ってやりたかった。訴訟となると、実際に闘うのは個人ではなく弁護士さんのように思われたのです。

私にとって、和枝の死の決着は、人に頼めることではなかった。人に頼みたくなかった。和枝がたびたび言った言葉が思い出されました。

「お父さん、信頼しているわよ」

和枝が信頼していたのは、弁護士さんではなくこの私なのです。

もっとも、自分自身で文句を言おうと決意したものの、私には法律の知識はありません。そこで専門的なことを助言していただくために、弁護士さんを依頼しました。横浜綜合法律事務所の宇野先生です。交渉には必ず同行していただきました。

私は、和枝の賠償金交渉にあたり、二つのことを決意しました。

まず、納得のできなかったことを、和枝に代わって国に訴えること。

そしてもう一つは、国に母子像の建立を要請すること。

米軍ジェット機墜落事故から一年四カ月後に、和枝は子どもたちの死を知りました。そのときの様子が私の目の奥に焼きついて離れないのです。和枝は涙をぽたぽたこぼしながらうめくように言いました。

「もう一度、この胸のなかに裕一郎と康弘を抱きしめたかった」

和枝が死んで、遺体を自宅に引き取る道で、私は和枝に、「もう一度、子どもたちを抱かせてやろう」と約束しました。

和枝が裕一郎や康弘の賠償額に興味を示さなかったように、私にとっても和枝の賠償額はあまり興味のあることではありませんでした。そんなことよりも、和枝が子どもたちを抱く母子像を造りたいという気持ちでいっぱいだったのです。

和枝は国の事故で命を奪われました。

母子像は国に建立してもらうのが当然だと考えたのです。

賠償金の替わりに、どこか国有地に母子像を造ってもらうことを、話し合いの第一条件に据えることにしました。一市民である私が、母子像を公の場に造ることができるとすれば、賠償金交渉を利用するより他に方法はないだろうとも思いました。

なにも明らかにならない

昭和五十七（一九八二）年四月二十六日、賠償交渉開始。

私は母子像のことをまず切り出しました。

「公務上での事故なのだから、和枝たちの像は公のところに建てたいと考えています。防衛庁の敷地のなかではどうでしょう」

横浜防衛施設局の職員は、驚いた風でした。

「いえ、防衛庁の敷地は、日本の防衛のために使うものですから、それはちょっと……」

私は、口にこそ出しませんでしたが、母子像を防衛庁の施設内に造って、防衛庁の職員に毎日見てもらいたいと思ったのです。そうすれば、職員は「二度と事故を起こしてはならない」という襟を正した気持ちになれるはずだと考えたからです。悲惨な事故を風化させないことにつながるはずです。

しかし、ことは簡単には進みません。

担当者はこうも言いました。

「国の賠償は金銭によることが大原則となっており、土志田さんが提案されるように金銭保障の替わりに母子像を建立するということは、制度上できません。ただ、お気持ちはよくわかりますので、賠償した金により、土志田さんが建立することにすれば、私どももできることは手足になって協力したいと思います」

私はやっぱり難しいな、と思いつつ、釘をさしておきました。

「とにかく、母子像の建立こそが大事だと思っているので、そちらへの協力もぜひお願いいたします」

和枝が逝って以来、胸のなかに抱えていた不満も一つずつぶつけていきました。

第一は、昭和大学藤が丘病院から国立武蔵療養所に転院したときのことです。なぜ総合病院に入ることができなかったのか、改めて質問しました。

第二は、和枝の葬儀のときのことです。私は、事前に、米軍機の飛行を自粛してほしいと要求しました。これに対し、横浜防衛施設局は、当日は上空にはいっさいの飛行機を飛ばさないと約束してくれたのです。しかし、実際には葬儀の最中も上空では何度もジェット音がしました。飛行機は飛びました。この理由を問うたのです。

第三は、和枝の生前、リハビリを受けていた途中から横浜防衛施設局への電話がつながらなくなったことです。和枝が頻繁に電話をかけたため迷惑がられたのだろうと推測できましたが、納得できなかった。そもそも、防衛施設局の役割とは国民を守ることなのです。それなのに、電話がつながらないなどということはけしからんことだと思ったのです。

けれども、回答はことごとく裏切られるものでした。

転院に関しては……、

「精神面以外の点では、武蔵療養所には、藤が丘病院と十分連絡をとってやってほしいとお願いしておきました。だから、あとは医師の判断ですので、私どもの誤りだとは考えておりません」

葬儀のときの飛行機の自粛のことについては、記録がないのでわからないとのこと。

横浜防衛施設局への電話がつながらなくなったことについても、確認がとれないということでした。

なにも、明らかにはならないのです。

そして、国の言い分はただ一つ。

「できる限りのことをさせていただきました」

私はその言葉を聞きながら、むしょうに腹が立ちました。

「できる限り」のこととはいったいなんだというのだ。私にとって「できる限り」のこととは、和枝の命を救ってもらうことだった。

結局、交渉は横浜防衛施設局のペースで進みました。第一回の交渉の席で、私は、賠償交渉の様子をすべて書き取るのは無理だから、テープレコーダーに録音させてほしいと申し出ました。ところが、これも断られ、結局最後まで認められることはありませんでした。

賠償金より母子像建立が大切

和枝の賠償金額が具体的に提示されたのは、第四回の交渉時でした。

「総額で八千八百万円程度とさせていただきます。このなかには、概算払い分も含まれています。四年間の療養を考えさせていただいた精いっぱいの額です。どうかご検討をお願いします」

金額に興味を持っていなかったとはいえ、この提示額は、率直に言って「低すぎる」と思いました。

「概算払い」を含めた金額だということも納得できなかった。

「概算払い」とはすでに支払い済みの費用のことです。和枝の生前、病院で付き添ってもらった家政婦さんの費用や、病院の支払いのことを指すものです。具体的にいえば、一千五百万円程度が概算払いとなっていました。

釈然としないものを感じました。国の考え方では、病院などの支払いも賠償金の一部だというのです。そうだろうか。入院、治療、看護の費用というのは、実費であり、賠償金に含まれるという感覚は私にはありませんでした。和枝の命は、提示された額から概算分を差し引いた七千三百万円程度に換算されたという思いになりました。

私の考え方はおかしいだろうか。

私としては、母子像のことが頭にこびりついていましたから、金額はいわば「どうでもいい」ことです。そのときには、「愛の母子像をつくる会」もでき、建立資金は寄付で賄うという風に考え方も変わっていました。だから賠償交渉では、建立できる公の場さえ確保できればいい、くらいに思っていたのです。それでもあまりに理不尽なことは許せません。

そこで宇野先生からの提案で、国に、「二億円以上」という対案を提示しました。しかし、横浜防衛施設局の職員は、とんでもないという表情で言葉を返してきました。

「二億円というのは、前に提示した八千八百万円と相当な開きがあります。数百万円単位の上積みでしたら困難ではありませんが、これほどの差には困惑しております。再考をお願いいたします」

宇野先生は反論しました。

「仮におなじ事故がアメリカ国内で発生した場合、賠償金はとても二億円ではすみませんよ。米軍の負担割合は七十五%だそうですから、アメリカの基準を取り入れてもいいはずです。和枝さんの場合、生前の慰謝料と死亡慰謝料と、それぞれ一億円と算定してもオーバーな額ではないでしょう」

われわれと国の提示する案にはあまりにも大きな差が生じたため、その後、賠償交渉は一時暗礁に乗り上げてしまいました。

しかし、母子像を造る計画が降って湧いたように、具体化してきたのです。横浜市が母子像の建立場所を提供してくれる話が出てきました。横浜防衛施設局が頼んでくれたようです。

こうなってくると、私の頭のなかは母子像のことでいっぱいになる。ますます賠償金のことは「後まわしでいい」ことになっていく。できるだけ早く母子像の建立に気持ちを集中したいと考えました。

和枝に子どもたちを抱かせてやりたい気持ちでいっぱいだったのです。

宇野先生を訪ねました。

「概算分を除いて一億円にしたいと思いますがどうでしょう」

二億円と提示していたのを、いっきに半額にまでおろしたのです。

私の気持ちを話したところ、先生はよく理解し、横浜防衛施設局にその内容を伝えてくださいました。

しかし、それでも横浜防衛施設局の職員は首を縦には振りませんでした。

概算払いを含めると、以前に提示した額よりも二千七百万円も上積みになるというのです。

結局、交渉が妥結したのは、開始から一年二カ月目を迎えた昭和五十八（一九八三）年六月八日の第十三回交渉でした。国が提示した額は概算払いを含め一億二百三十万円。

決して満足な額だったわけではありません。しかし、一刻も早く妥結を迎え、母子像の建立に取り組みたい。異議は唱えませんでした。

最終的に振り込まれた額は概算払いを除いた、八千七百万円余り。

悔しい思いもありました。

当時、青葉台駅前のわが家のあたりの土地価格は、一坪百万円前後。和枝の賠償額では、概算払いを含めても、わずか百坪を買えるかどうかです。和枝の命の値段があまりにも小さく見積もられたようで、涙が流れそうになりました。

なんとしても母子像は公の場に

私は、国との賠償金交渉の「第一条件」に、和枝と二人の子どもたちの母子像を建てることを提示しました。

しかし賠償金の替わりに母子像を建てることは無理だという回答です。

ならば、建立場所だけでも確保しなければ。

和枝は国の事故で命を奪われたのです。母子像を公の場所に建てることだけは絶対に譲れません。

自分自身と和枝への誓いでした。

闘病中の和枝の姿が、私の脳裏に焼きついています。


米軍ジェット機墜落事故にあって以来、和枝の容態は良くなってきたかと思えば、悪くなる。悪くなってきたかと思えば、持ち直す繰り返しでした。何度か危篤にもおちいる。

早く、子どもたちの死んでしまったことを伝えなければ。

しかし、伝えたら、きっと和枝は生きる意欲を失ってしまうだろう……。

事故から半年目には、和枝ののどにはカニューレが挿入され、声を出すのもままならなくなってしまった。カニューレの先を指で押さえ、か細い声を出すのがやっとです。

それでも、和枝は少しでも具合のいい日は、矢のように夫に催促をします。

「子どもを見に行ってきて、どうしているのか心配なの」

彼は、和枝の顔を見ることができず、話をはぐらかそうとした。和枝は腹がたったのだろう。激しく泣きじゃくり訴える。

「どうして裕ちゃんたちのところに行ってくれないのよ。私はだいじょうぶなのだから、行ってよ」

彼は追い立てられるように病室を出ていきました。

「じゃあ、様子を見てくるよ」

子どもたちが入院していることになっている自衛隊中央病院に行ったふりをします。そして再び和枝の病室にもどってくると笑顔で答えるのです。

「子どもたちは、今夜は、もうご飯を食べたから、いまごろおもちゃで遊んでいるよ」

和枝はやっと安心したように、笑顔を見せます。

「ママのこともいっぱい聞かれたよ。元気でがんばってる、と報告しておいた」

うそも重ねるにしたがい、上手になっていくものです。

和枝の具合が悪いときはこう言います。

「子どもたちは、ずいぶん快復してきた。和枝も早く子どもたちに会えるようにがんばれ」

和枝の具合が良いときの決まり文句もありました。

「子どもたちは熱が出ている。いまは面会ができない状態だ」

会いたい思いをあきらめるように促します。

子どもが死んだことをこのまま隠しつづけることはできるわけがない。そんなことは十分すぎるほどわかっていました。

それでも言えないからつらいのです。

どんどん時間だけが経過する。

話さなければ……、話せない……。

和枝は、私たちに子どもたちの写真を見せてとせがみます。見せてやりたいが、見せられるわけもない。いつばれるかと思うと生きた心地がしない。

和枝は、おかしい、と思うこともあっただろう。それでも、追及してこなかったのは、子どもの「生」を信じたかったからだろうか。

子どもたちが頑張っているから、自分も頑張る。あのときの和枝にはそれしかなかった。やけどの治療で痛くてつらい薬湯に入らなければならないとき、和枝は「死んでも嫌だ」と激しく首を振って抵抗しました。私と彼は、時には厳しい口調で言わざるをえなかった。

「子どもたちも、がんばっているんだから、和枝ががんばれないでどうする」

その言葉の効果は大きかった。和枝は、途端に態度が変わるのでした。

「わかった……、うん。がんばるわ」

母親というものは、こうも子どものことを愛しく思うものなのかと、悲しくなりました。

あのときの和枝の表情を思い浮かべると、いまも切なくなってきます。

米軍ジェット機墜落事故から一年四カ月の月日が経過した昭和五十四（一九七九）年一月二十九日。

とうとう、和枝に子どもたちの死を宣告する日が訪れてしまいました。

和枝はずいぶん良くなり、正月には仮退院もできました。もう隠すのは限界です。

彼と私が病室に入ります。和枝がショックで具合が悪くなることも考え、病室の外では、医者と看護師に待機してもらっています。

が、彼はいっこうに口を切りません。三十分ほど経過したところで、私は彼をつつきました。言うしかないのだ。目配せしました。

ようやく腹をくくったようです。

「子どものことなんだけれど……」

和枝の顔が見られません。和枝の返事が恐ろしい。

「なあに、子どもたちがどうしたの?」

和枝はまだなんの疑いも抱いていない。

「実は、事故の翌日に亡くなったんだ……」

そっと顔を上げ、和枝の表情を見ました。

「うそでしょ」

和枝は私たちの顔を交互にみつめ、一度はきつく否定したが、その顔からみるみる血の気が失せていきます。

和枝は、病室を包む重苦しい空気から、それは、まぎれもなく真実だと察知した。和枝の目から涙があふれたかと思うと、その体はふるえ出し、嗚咽が病室にこだました。

なんていうことだ。どうして和枝がこんな目にあわなければならないんだ。かけてやる言葉がみつからない。泣く和枝を見守ることしかできない。

三十分も泣いたころ、和枝はボソッとつぶやきました。

「もう一度、この胸のなかに裕ちゃんと康ちゃんをしっかり抱きしめてやりたかった」

カニューレがついていたので、聞き取りにくい声でしたが、確かにそう言いました。

和枝はこの日も日記を書き、その翌日も書き残しています。

一月二十九日　月　曇
私にとって一番悲しいことを聞かされた。
裕一郎　九月二十八日　零時四十分　死亡

康弘　九月二十八日　四時三十分　死亡

一月三十日　火　雨

今日も子どもの死がかわいそうで泣き続けた。もうすぐ自分が治って子どものところへ行けると、ただそれだけを楽しみに頑張って生きてきたのに、事故の次の日に死んでいたなんて夢にも思っていなかったので、死んだことを知らされた時には信じられなかった。今まで子どものことを聞いてもだれも簡単な返事しかしてくれないのも、私が子どもを励みに頑張っているのを見ているとなかなか言えなかった、と言われた。でも私はそのことをした人達を恨む気持ちはなく、むしろそうしてくれたことを感謝した。今思えば、子どもたちがいると思っていろいろなことをしてきたが、結果的には無だに終わってしまったが、その時は幸福だったのだから、うそをついてもらってよかったのだと思う。

でも、もうどんなに叫んでも子どもたちは私のところへは戻ってこない。いつか私の胸の中へ抱いてやりたいと思っていたのに、その夢も破られてしまった。裕ちゃんと康ちゃん、もう二人とも手の届かない所へ行ってしまった。目が細くて色が白く北の湖のように太っていて気持ちのやさしかった裕ちゃん。目はお兄ちゃんより大きく鋭く、色は黒く一人でなんでもやるような康弘。でももう白い小さな箱にはいってしまっているなんて。一目でも会いたかった。ママをおいて逝ってしまってとてもさみしい。二人とももっと遊びたかったでしょう。好きな車に乗ってパパやママと一緒にドライブに行きたかったでしょう。ジュースを飲みたかったでしょう。この世に生を受けてまだいくらもたっていないのに、もう逝ってしまうなんてかわいそう。あんな飛行機さえ落ちてこなければ、今頃は幸福に暮らしていることでしょう。

人を恨んではいけないが、やはり私は米軍とパイロットを恨む。このパイロットは私たちのことをどんなに思っているのだろうか。それから今まで私にうそを言ってきた主人はどんなに苦しかったことだろう。私に悟られまいとした努力は並々ならぬものであろう。

午後から植皮があり、床ずれと胸と左脇腹にした。施設局の人が見えたので、一言私の気持ちを伝えよう。

私は賠償金をすべて注ぎ込んでも立派な母子像を建立しよう、と決意していました。そんなある日、事故の記録『あふれる愛に』を出版した新声社の高橋さんが家にやってきて、こんなことを言ったのです。

「和枝さんの像は、大勢のひとびとの力で実現させるべきじゃないですか」

私が和枝の賠償金で造ろうとしていることは誤りだというのです。

和枝は、たくさんの見ず知らずの方がたから皮膚を提供していただき、やけどから立ち直ることができました。もはや和枝のことは、個人的なことではない。それに、和枝の事故は、いつ何時、誰に訪れるともしれない可能性があります。大勢の方がたの力をお借りして、事故のことを風化させないことこそ重要だと言われたのです。

高橋さんと話しながら、そのとおりだと思い直しました。

友人や知人、和枝の同級生など二十人くらいに連絡をとってみて、母子像を建立しようと考えていることを告げました。ほとんどの方から賛同を得られ、発起人を引き受けていただくことができました。力強い味方に囲まれ、「愛の母子像をつくる会」を立ち上げることができたのです。代表世話役は、同業者で市場仲間の山田幸丸さんが引き受けてくださいました。

いっぽう、横浜防衛施設局も、母子像建立を願う私になにもしてくれなかったわけではありません。

賠償交渉が始まってしばらくしたころです。

母子像を建立する候補地として、神奈川県内の三十坪ほどの国有地を提示してきました。

わが家から車で三十分もかからない近場でしたので、私は喜びいさんで、出かけてみました。

しかし、たどり着くと、がっかりしました。

そこは山のなかです。途中からは道もなく車を降りて歩くしかありません。人一人がやっと通れる通路を通り抜けたところにその土地はありました。草が生い茂っています。
これでは、たとえ和枝たちの母子像を造ったとしても、誰も見に来てくれるわけがない。こんなところに建立しては和枝たちがかわいそうです。帰宅後、すぐにお断りしました。

多くの方に見ていただかなければ意味がない

あんな山のなかに建立したくはない……。だからと言って、代替案もない。
私のような一市民が、公の場に母子像を建立するなんて、やはり無理なのかもしれない。結局は自分の家の畑に建てるしかないのだろうか。
神前に手を合わせ、和枝にたずねてみました。

和枝、うちの畑でも我慢してくれるかい。

和枝は返事をしてくれません。

それはだめだよな。意味がないよな。

母子像は、たくさんの方に見ていただかなければなんにもなりません。たくさんの方に見ていただき、事故を風化させないことこそが大切なのです。

思い悩んでいたある日、一本の電話がかかってきました。

横浜市緑政局公園緑地部からです。

「ご相談したいことがありますので、一度足をお運びいただけませんでしょうか」

なんだろう。公園緑地部……、ひょっとすると……。横浜防衛施設局は、母子像の建立地を横浜市にも探してもらっていると言っていたが、そのことだろうか。心臓の鼓動が心もち高まるのを感じましたが、努めて冷静に聞いてみました。

「どういったご要件でしょう」

「実は、横浜市内の公園に、母子像の建立を検討したいと思っております」

うれしかった。細かい内容はまだなにも聞いていないというのに、飛び上がって万歳三唱したいほどでした。

これでなんとかなるかもしれない。

さっそく、翌日、役所に出向きました。が、私は、一晩のうちに期待を大きく膨らませすぎたようです。

提示される案は、決して私を喜ばせるものではなかった。

それは、緑政局としての方針を提示したものでした。

交渉を重ねるにしたがい、それは明白になっていきます。しかも公の場所への母子像建立にはいくつものクリアしなければならない条件があったのです。

一、母子像は土志田勇個人として横浜市に寄贈する。

本当は「愛の母子像をつくる会」の寄贈としたかったが、土志田勇個人の寄贈にすることにしました。

二、像のテーマを決める。

和枝の子どもたちへの愛情を表すために、「愛の母子像」とすることにしました。

三、芸術作品であること。

これには同意見で、名前を知られている彫刻家にお願いするつもりです。

ここまでのことは、解決のつくことでした。しかしこの後にどうしても譲れない問題が待ちかまえていたのです。

場所は横浜港を一望できる場所として有名な「港の見える丘公園」。これには大賛成です。横浜市民のみならず、横浜に遊びに来たことのある人なら一度は訪れたことがあるだろう公園です。

しかし、です。よく聞くと「港の見える丘公園」の展望台は国有地であるため建立できないというのです。これから整備するフランス山にしようといいます。フランス山とは、南側に位置する奥まった場所です。

フランス山がどうのというよりも、展望台がだめな理由が「国有地」だからというのはおかしいと思います。横浜市では管理できないといわれました。

和枝は国の事故で死んだのです。そもそも私は母子像の建立場所に国有地を希望していました。横浜防衛施設局も知っていることです。

横浜市が管理できないなら、国で管理してくれたらいい。

とうてい、納得のできない理由です。

さらにもう一点。公園法で規制されていることを盾に、像の由来を説明する碑文についてはいっさい認められないというではありませんか。

つまり、せっかく母子像ができてもそこには「和枝」の文字も「米軍機墜落」の文字も入れられないというのです。

それでは像を造る意味がない。

碑文がなければ、この事故を知らない人にとってみれば、なんのために子どもを抱いている像なのかわからないではないか。

私はすんなり緑政局の言い分をのむことはできませんでした。

碑文を入れたい

お役所というところは、いったんだめが出ると、めったにそれを翻してはくれません。私は「愛の母子像をつくる会」のメンバーとともに、全国にある像の碑文はどのようになっているか調べることにしました。できるだけ多くの像を見て歩くことにしたのです。

本当に、公の場の像には碑文はないのだろうか。疑わしいものです。

いくつも見てまわるうちに、ついに見つけました。

東京都の北の丸公園の吉田茂元首相の銅像です。ちゃんと碑文が備わっていたのです。私は、すぐに報告をするために緑政局に行きました。職員は、困ったな、という表情をしましたが、しばらくしてもどってくると、その顔はわずかに笑っていました。

「あそこは私有地なんだそうです」

彼は胸をはって答えました。

私はがっかりしました。

やはり、だめか……。全国おしなべて公の地の碑文が認められていないとすればしかたないのかもしれない。

あきらめるしかないのだろうか。

そんな矢先、九州の大分市の裏川公園に、碑文を備えた銅像が建立されたという新聞記事を目にしました。私はすぐさま「愛の母子像をつくる会」の事務局長の三部功さん（故人）と飛行機で大分へ飛びました。

この銅像は、横浜大空襲で一人ぽっちになったムッちゃんが大分の実家に引き取られた後、結核を病んで防空壕で亡くなった子の像でした。

確かに、その像には立派な碑文が備わっていました。場所は市有地だといいます。

私は市長に面会を求めました。市長は突然の訪問にもかかわらず、時間をつくって私たちを市長室に招いてくださいました。

「なぜ、こちらでは碑文を認められたのでしょうか」

私は市長の顔をじっと見つめ、単刀直入に聞きました。

「確かに、都市公園法にはいろいろ制約があります。しかし、最終的な判断は地方の首長に委ねられているんですよ」

大分まで同行してきたあるテレビ局の記者が、市長の発言に注目しました。

「そういうことなら、横浜市長に取材してみますよ。うまくすると、碑文をつけられるかもしれませんね」

彼は横浜にもどるとすぐに取材に行ったようです。しかし簡単に当初案を変えようとしませんでした。

「大分はそうかもしれませんが、横浜には横浜の判断があります」

と、担当者にきっぱり伝えられたようでした。

万事休止です。やることはやりました。もう、どうにもなりません。

このままこちらの主張を押し通せば、せっかく決まりかけている「港の見える丘公園」建立の案さえ流れてしまいかねない。

それは困ります。

しかし、自分を納得させようとしても、納得できない。

どうしても碑文は入れたい。事故のことを風化させるわけにはいかないのです。

ある方に、横浜市議会の副議長を紹介していただきました。そして横浜市との間をとりもってもらうことができた結果、折衷案が出てきました。ひと言だけですが、文字を入れられるというのです。

「あふれる愛を子らに」

決して、満足したわけではありません。

さらに、将来的に国有地である展望台に「彫刻の広場」を造る計画があるらしく、それが実現した暁には、母子像もそちらに移設をするよう考慮するという覚え書きを書いてもらうことができました。

やむをえず、それで納得することにしました。

ついに母子像ができた

その後、マスコミを通して、私たちの母子像建立の計画は、世間に広く知られることとなりました。計画は具体化していきました。

ブロンズ像で建立費は三千万円。

たくさんの方にご賛同いただくことができ、募金がどんどん集まり始めました。

彫刻家も決まりました。横浜市の山下公園にある「赤いくつをはいた女の子」の像を制作した山本正道さんです。立派な芸術家に引き受けていただき、感激いたしました。

昭和六十（一九八〇）年一月十七日、和枝の三回忌を前に、「愛の母子像」除幕式の日を迎え

「愛の母子像　あふれる愛を子らに」

ることができました。

私は朝、三時半に目が覚めました。妻がもう起きて、キッチンでなにかをしています。こんな早くからなにをしているんだろう。のぞきこむと妻から声を掛けてきました。

「お祝いのために早起きしてお赤飯を炊いているのよ。まだ早いから、もうひと寝入りすれば」

妻に促され、私は再び布団にもぐり込みました。

一時間くらいして、また目が覚めたので今度は起きました。煙草を一本つけ、大きく深呼吸しました。

頭のなかを和枝が死んでからのことが駆け巡ります。

外も次第に明るくなってきました。空を見上げると青空です。いい天気だ。一番気掛かりだった天気が良いので一安心しました。

私は六時に洋服に着替え、神前の和枝に、今日の除幕式のことを報告しました。朝食を食べ、八時に出発し、九時すぎに「港の見える丘公園」に着きました。


除幕式は十一時十分に始まりました。

ブロンズ像は白い布でおおわれていました。親族で、布を引き取ります。私は隆の長男博之と立ちました。布についた綱をどう引くのかわからないので一瞬戸惑っていると、向かい側で妻と下の孫信彦はもう引いていました。慌てて引くと……、白い布が落ち和枝たちが現れました。

台座を含め一・四五メートルの大きさのブロンズ像の和枝と孫たち。やさしい表情。右腕では包み込むように裕一郎を抱きしめ、座っている膝の上には康弘がいます。

つづいて贈呈式です。横浜市へ土志田勇より「愛の母子像」を寄贈するのです。目録を市長さんに渡しました。市長さんは「どうも、ありがとうございます」と答えてくれました。その声がとても穏やかで、こちらの真意が通じたように思えました。

いま思うと無理難題をお願いしたなかで、最大の理解を示してくださった緑政局に深く感謝するとともに、一昨年中行われた母子像周辺の整備改修事業にもあわせて厚くお礼申し上げたいと思っています。

「カズエ」というバラ

「愛の母子像」除幕式では、バラ「カズエ」の披露も行いました。

バラ「カズエ」は、和枝が生きていた証にと、バラ研究を行う京成バラ園芸研究所に新種を作ってもらうように、私の近くで書店を営んでいた藤倉四郎さん（バラ研究家）に依頼して誕生したものです。

私の家業は花屋ですから、そちらの方面でも和枝になにかしてやりたかったのです。和枝のことを偲ぶと同時に、平和への祈りを込めました。

「カズエ」はイギリス原産の「ラプチュア」種を改良したもので、背丈は五十〜八十センチ程。つぼみのうちはピンクの縁取りが強いのですが、次第に淡い色合いを出してきます。ひとつひとつの花びらが剣のようにとがっているのが特徴で、とても香りの良い上品な花です。

制作を依頼するときにピンク色をお願いしたわけではなかったので、初めてバラ園で「カズエ」を見たときは驚きました。

なぜなら和枝はピンクのバラが一番好きだったからです。いつまでも和枝を忘れたくないと思う私の気持ちが、天国の和枝に通じ、ピンクのバラ「カズエ」を誕生させてくれた、と思ったほどです。

バラ「カズエ」は、「和枝に皮膚をください」という新聞記事を見て和枝にご自分の大切な皮膚をくださった方がたに、苗木を一本ずつ、感謝の気持ちを込めて送らせていただきました。住所変更などですべての方にお届けすることができなかったことは、いまだ心残りです。

あの当時、和枝は肉体的にも精神的にもズタズタでした。そんなとき、あれほどたくさんの方がたから皮膚提供のお申し出をいただき、どれほど慰められ、生きる勇気をいただいたこと

新種のバラ「カズエ」

でしょう。あのときの感謝の気持ちは決して忘れることはありません。

「カズエ」をお贈りすることで、お世話になったご恩返しの万分の一にでもなればと願いました。

その後、株分けが進み、いまでは千五百～二千本ほどが横浜市内各所に植えられ、四月下旬から五月にかけて花を咲かせています。港の見える丘公園の「愛の母子像」は、いずれ展望台に移すという約束をしてもらっていましたが、結局計画されていた彫刻の広場はできず、バラ園になりました。だから、移転はできないままですが、いまではフランス山に馴染んでいます。展望台近くのバラ園では、代わりにバラ「カズエ」が毎年毎年美しい花を咲かせています。「カズエ」がひとびとの目を楽しませ、少しでも心を和ませるお役に立てればこれ以上の喜びはありません。

「愛の母子像」の除幕式で披露した「カズエ」の第一作は、私の自宅の庭で、毎年、大輪の花をつけてくれます。

第六章

和枝の思いを「福祉」に託す

いまも「事故」とは片づけられない

念願だった母子像を建立することができ、私はほっと息をつき、しばらくぶりに家業の生花店の仕事に没頭していました。

あの忌まわしい米軍ジェット機墜落事故から八年が経過しました。

焼け野原となった現場は、洒落た家が建ち並ぶ新興住宅地に生まれ変わっています。

表面的には事故前となんら変わらない生活です。

長男夫婦には二人の息子がいますので、私たちは三世代六人家族。小学生の孫たちは、私のことを慕ってくれています。休みの日には彼らを連れて動物園や遊園地に遊びに行きます。やっとそういう心のゆとりを取りもどしました。

そのころ、上の孫、博之は飛行機に興味を持つようになっていました。飛行機関連の本を開いては、なにやら熱心に読んでいました。

「おじいちゃん、飛行機を見に行こうよ」

たびたび、せがまれるようになり、私は二人の孫を連れて、厚木基地へ行きました。

厚木基地に行けば、和枝たちの人生を無茶苦茶に破壊した飛行機「ファントム」が見られるはずです。

私は、その飛行機を見たいという気持ちがありました。どんな姿なのか、どんな風にして飛ぶのか。そして、厚木基地とはどんな場所なのかも自分の目で確認したかった。

かといって、一人で出かける気持ちにはなれなかったので、孫たちといっしょに行けるのはちょうど良かったのです。毎週のように出かけたこともありました。合計二十回以上は行ったかと思います。

ファントムとは日本語で「妖怪」という意味だそうです。しかし、私にはどの飛行機もおなじに見えて、どれがファントムなのかよくわかりません。博之はよく知っていました。

「あれがファントムだよ」

指し示します。

たくさんの飛行機を目の前にして、はしゃぐ孫たちの横で、私の心中は複雑でした。

本当は、博之の指差す向こうにある「ファントム」から、目を背けたい。しかし、見届けなければならない。私は、ぐっと目を見開きました。

スマートな胴体に先の尖った頭……。

この「妖怪」が和枝と二人の孫の命を奪った……。

憎しみ……。

無念さ……。

言葉では言い表すことのできないさまざまな思いが、頭のなかを交差します。

私は、和枝の死んだ後、自分のできる限りの力を注ぎ、和枝の代わりに、そして和枝とともに生きてきました。

しかし、それでもあの事故のことを「済んだこと」と心のなかから片づけてしまうことはできないのです。年月が経過しても和枝と裕一郎、康弘への思いが消えるものではありません。

世の中には、なにかの事故により天涯孤独となる人だっている。それに比べれば、私には妻も隆も春江もおり、そのうえ「おじいちゃん」と慕ってくれる四人の孫たちにも恵まれている。が、そうだからといって死んだ娘や孫への気持ちを埋め合わせることはできないものなのです。

私は、「ファントム」を見つめながら、和枝と交わしたもう一つの約束を思い出していました。

和枝に代わって、「福祉」の仕事を行うことです。

和枝は、やけどと闘うなか、皮膚を提供していただいたり、見ず知らずの大勢の方がたから励ましのお便りをいただいたりしました。

「和枝さん、がんばってください」

何百通もの手紙はいまも、大切に保管しています。

当時、皆様の温かなお気持ちに触れることができ、和枝も私たち家族もどれほど励まされたことかわかりません。

皮膚をいただき、移植を重ねるたびに、和枝の症状は目に見えて良くなっていきました。やけどの苦しみから解放されるにしたがい、表情は明るくなっていきました。

「元気になったら、私も人様の役に立つことをしてこのご恩をお返ししたい」

と、たびたび口にするようになった和枝の気持ちが、私にはよく理解できました。できることなら和枝に福祉の仕事をやらせてやりたい。が、残念ながら、それはかなわない夢です。和枝ができなくなった以上、福祉の仕事に取り組むことは父親である私に課せられた役目だと思うのです。

「愛の母子像」建立のための費用は全国の皆様からのご支援で賄わせていただきましたので、国から支払われた和枝の賠償金はほとんど手つかずで残っています。それをそのまま福祉事業に使いたいと考えていました。

和枝は、事故のために幼い二人の子どもたちを育ててあげることができなかった。そのときの和枝の心を思ううち、母子の生活を支援する母子寮を造れないかと考えるようになりました。あるとき、私は思い切って、横浜市役所に出掛けてみることにしました。母子寮を造るには、児童福祉課の意見を聞くべきだろう……と思ったからです。

職員は、突然訪ねてきて母子寮をつくりたいという私に驚いているようでしたが、話は聞いてくれました。ところが、近ごろでは、母子家庭に対しては、金銭による支援が主になりつつあり、母子寮は減少傾向にあるというのです。

「では、今後、需要が大きくなる福祉はどんなことでしょう」

「それは間違いなく高齢者に対する福祉ですね」

職員の言葉にうなずき、今度は高齢福祉課の窓口に行ってみます。

私はこれまでの経緯と、和枝の遺志を継ぎ、社会に貢献できる福祉関係の事業を行いたい旨を話しました。しかし担当者には私の言うことは、夢物語に聞こえたようです。

「土志田さんのお気持ちはわかります。でも福祉の事業を起こすというのは、わが子への思いなどという美しい感情だけでできるほど甘いものではありません」

私は、決して、一時的な感情の高ぶりで言っているのではありません。福祉施設を造ることを簡単なこととは考えていない。

彼はたたみかけるように言いました。

「それにね、土志田さん、施設を造るには、建物だけ用意すればいいというものではありません。それを建てるための用地も必要なんですよ。おわかりですか」

「えっ、土地もですか」

正直言って、驚きました。そこまでは考えていなかったからです。

「そうですよ。福祉施設を造るとなると、広大な土地が必要になるのです。そうですね、最低でも三千平方メートルは必要になります」

「三千平方メートルですか」

気の遠くなるような広さを提示され、私は言葉が詰まってしまいました。

果たして、そんなに広い土地が見つかるのだろうか。私の考えていることは、職員の言うように夢でしかないのだろうか。

私は、右も左もわからない、大海原に放り込まれたような気持ちになりました。三千平方メートル……。

しかし、私はこれしきのことであきらめるわけにはいかないのです。

私が「できない」と言って放り出したなら、和枝の遺志は大海の底に沈み、二度と浮かび上がってはこなくなるのです。そんなことはできません。

しかし、費用のことも気掛かりでした。

土地だけでなく建設費用も負担しなければならないといいます。高齢者のための施設だと、四分の一を負担する必要があるそうです。

土地購入費と建設費。いったいどのくらいかかるのか検討もつきません。和枝の賠償金で足りるのだろうか。

脳裏に不安がよぎりましたが、立ち止まることはできません。

やれるだけやってみよう。「愛の母子像」を造ることができたのだから、きっと今回だってできるはずだ。

不動産屋さんに行き、情報収集を始めました。

授産施設にしよう

ある日、横浜市議会議員の丹野貞子さんがうちの店に花を買いに来られました。丹野さんは当時の社会党の議員さんです。「愛の母子像」建立のときにお目にかかりお話をしたことがありました。

そのころ私はたびたび不動産屋さんにでかけ、福祉施設用地を探していましたが、適当と思える物件にはお目にかかることができず少し焦りを感じはじめていました。

花を包みながら、丹野さんに福祉事業を始めるためのいい案がないか聞いてみることにしました。市議会議員さんなら、私などと違って良い方法をご存じかもしれないと思ったからです。

「丹野さん、実は、福祉事業を行うための手がかりが得られず、困っているんですよ」

横浜市役所に行ったこと、三千平方メートルもの広大な建設土地を用意しなければならないと言われたことを話しました。丹野さんは和枝の事故の経緯をよくご存じなので、私の話にじっくり耳を傾けてくださいました。

「私になにかできればいいんですけれど……、来週、後援会の方たちがお集まりになります。そのとき、そういう方面に詳しい方もみえると思うので、土志田さんもおいでになってみませんか」

このときの会話が福祉事業を始めるきっかけとなりました。自分の気持ちは、思いきって、口にしてみるものです。

数日後には、丹野さんのおかげで、横浜市民生局の職員に出会うことができました。以前に役所を訪れたときは、紹介者がなかったせいか、夢物語と相手にされませんでしたが、今回は対応がまったく違いました。

施設建設の具体的な話も聞けました。

なんと横浜市で福祉施設建設の計画案があるというのです。

「実は、昭和六十一（一九八六）年度に授産施設建設を市内に三カ所予定しております。緑区には一つもない。もし土志田さんが、授産施設でいいというなら、緑区への建設を予算化することも可能です」

授産施設とは、知的障害者を支援するための施設です。知的障害のある方は、小学校・中学校時代は特殊学級に入ることが多く、その後は養護学校に進むことが一般的です。授産施設はその後に入るところで、仕事を通し、生きがいを持ってもらい社会の一員としての自覚を促します。わずかですが、労働に対しては賃金も支払われます。

私は、それまで知的障害のある方と接したことがなかったので、どういう内容の施設なのかはよくわかりませんでした。けれども、せっかく福祉の仕事に取り組むのなら、世の中で必要とされていることをしたいと願っていました。緑区は東京のベッドタウンとして急激に人口が増え、さらに毎年、一万人を超す人口急増をつづけていました。そのため障害者の生活に対応する福祉施設は絶対的に不足していたのです。横浜市全体では毎年二百人以上、緑区だけでも二十〜三十人もの方がたが養護学校を卒業します。その後は、たいてい授産施設に入所することを希望されますが、実際には施設が不足しているために、一割程度の人が利用できるだけでその他の大部分の人たちは、遠いよその区の施設を利用したり、自宅にいたりしながら入所できるのを待機しておられるというのです。

説明を聞き、「これだ」と思いました。

施設を開設すれば、受け入れられる人数は五十人くらいになるそうです。待機している人たち全員を受け入れられるわけではありませんが、社会のお役に立てる施設となることは間違いありません。

しかも、用地には廃校となっていた横浜市立山下小学校の分校跡地を利用できそうだというのです。土地探しに困り果てていただけに、願ってもないお話でした。

こうして、福祉事業の計画は思いがけず進展のきざしをみせました。

施設の仕事を生涯の仕事としたい

施設を造ることは、片手間でできることではありません。

私は、授産施設を造るために、家業の生花店は息子夫婦にまかせて、奔走し始めました。施設の仕事を、生涯の仕事としようと決意したのです。

各地の施設を見学。横浜市保土ケ谷区の授産施設幸陽園では二週間にわたる研修を二度体験しました。知的障害のある方とじかに触れ合うのは初めての経験です。彼らの仕事はランドリー作業でしたが、私は、納品や引取りの配送車に同乗し、職員の指導会議などにも参加しました。障害のある彼らは純粋で、常に真面目に働いていました。決して、なまけたり、人を欺いたりしません。

私は、幸陽園の園長の勧めで、社会福祉主事の資格取得のための勉強を始めました。施設運営には欠かせない資格らしいのです。

講習は、毎週月曜から金曜まで毎日、六時間。私は、すでに六十一歳になっていましたし、記憶力は減退もいいところです。受講生は五十人ほどでしたが、大半は福祉施設に勤務している二十代の若者です。私は段突の最年長でした。講習を終え、自宅に帰っても毎晩復習をしなければならない。福祉の基礎から専門的なことまで学ぶのですが、なにしろ、知らないことばかりです。福祉とは縁遠い花屋の主人をしてきたのです。レポート提出もありましたが、うまくまとまらない。胃薬を飲みつつ、それでも半年通って、なんとか修了証をいただくことができました。

平行して授産施設を運営するための社会福祉法人を立ち上げる準備をしなければなりませんでした。名称は「社会福祉法人和枝記念会設立準備委員会」。

福祉法人の名称には、迷うことなく「和枝」の名前を使うことに決めました。和枝は、直接には、事業に参加できないのですから、せめて名前だけは入れたいと思ったのです。そのことが後に大問題になるとは、この時点では思ってもいませんでした。

私が準備委員会の代表となり、丹野さんら五人の方に委員になってもらって、何度も集まり話しあいをつづけました。

まず、理事長や施設長を決める必要がありました。会のメンバーや、研修に行った先の人たちから、私が理事長と施設長を兼任することを勧められました。初めてのことなので、できるだろうかという不安がありました。が、和枝の恩返しとして始める施設です。お金を出して器を作るだけでなく、私自身も福祉の仕事に携わるべきだろうと考え、理事長と施設長を兼任することに決めました。

和枝に代わって福祉の仕事を行うのです。

入所生たちの授産の仕事内容は、農業、クリーニング、陶芸、縫製、売店、石けん作りなどに決定。諸規定や事業計画の検討も始めました。

建物の設計協議も進みました。鉄筋コンクリート造り二階建て。延べ面積は千百七十七平方メートル。建設資金は三億九千百万円。そのなかの法人負担金には和枝の補償金をつぎ込むことにしていました。土地は無償貸与できることになり助かりました。

授産施設づくりに反対の声も

ところが、私が社会福祉主事の講習に通い、また社会福祉法人の準備会を重ねている最中に、施設を造る予定の地元では、思いもしていなかったことが起こりました。

横浜市が昭和六十一（一九八六）年七月十日に山下小学校体育館で説明会を開いたときのことです。住民から授産施設の建設に猛反対の声が上がったのです。

「跡地利用については地元と協議すると言いながら事前にはなにも聞いていない」

「市の説明は断る」と住民は途中退場してしまったというのです。

表向きは、授産施設を造ることの事前説明がなかったことを問題視していましたが、本当のところはそうではないことが徐々にわかってきました。

根底には、知的障害者に対する誤解があったのです。

「なにか、事件が起きたら大変だ」

誰かが、不安を口にすると、連鎖反応していきます。

やがて、白紙撤回を求めた陳情書が横浜市議会に提出されましたが、そこにはなんと三千四百名もの署名があったそうです。

私も地域の皆さんがご心配になる気持ちがわからないわけではありませんでした。知的障害のある方たちと向き合ったことがないと、彼らのことを理解できないのも当然のことです。私も施設見学に行き始めたころは、初めて出会った彼らに驚くこともありました。作業中にいきなり手を振りまわしたり、大声を出したり。でも、次第にわかったのです。彼らの心はこの上なく純粋で、悪いことなど絶対にしない。知的障害者の施設で、暴力事件なんて聞いたことがありません。しかし、すでに不安を抱えた人に、いくら言葉で説明しても理解を得られるものではありません。

理解していただくには、実際に施設を造り、彼らに接してもらうしかないだろう、と思いました。とはいうものの、すでに集まった署名の数は莫大です。

このまま、施設造りは暗礁に乗り上げてしまうのかもしれない。

毎朝、神前に手を合わせながら和枝に語りかけました。

お父さんは負けないから、和枝、見守ってくれよ。きっと、造ってみせるよ。

私たちの祈りが届きました。

住民の陳情に対し、横浜市議会は私が予想したよりもはるかに毅然とした態度で臨んだのです。昭和六十二（一九八七）年二月十九日の委員会で審議されましたが、「いまもって、こういう陳情が来るのは残念」「障害者による事故の危険性があるというのはまったくの誤解」という声が相次いだそうです。全会一致で不採択されました。

その日の新聞記事の見出しには「横浜市議会は『恩返し』支援」とありました。飛び上がりたいほど、うれしかった。

決議後、横浜市は根気強く、反対を唱える住民と話し合いを進めたようです。まもなく、住民側から反対を唱える声は聞かれなくなりました。

福祉の仕事は和枝の遺志によるものだ

地域の住民の理解が得られ、福祉主事の資格も取得できました。福祉施設の構想もずいぶん具体化してきました。私は理事長と施設長を兼ねる予定でしたので、施設長の認定講習会も受けました。

同時期、大型自動車免許を取ることも思いつきました。授産施設は通所施設です。なかには、家族が送り迎えをできないケースもあるかもしれないと思い、送迎バスの運行を考えたのです。

とにかく忙しい日々でした。勉強をしなければならないうえに、運転講習、社会福祉法人立ち上げのための準備会。施設運営の計画作成。家業を長男にまかせることができたから実現できたことです。隆夫婦には感謝しています。

しかし、ものごとというのは、「なぜだ」と嘆きたくなるほどスムーズには運ばないものです。順調に進まないのが人生であり、だからこそおもしろいのかもしれませんが、当事者としてはなかなかそうは考えられません。

地域住民の反対もなくなり、準備も進み、いよいよ社会福祉法人の申請書と補助金の申請書を神奈川県に提出する段となりました。それまで指導してくれていたのは横浜市だったのですが、申請の受理は県の管轄でした。

このとき、神奈川県の職員より唐突とも思える言葉を聞くのです。

「福祉法人の名称に個人名をつけるのは好ましくありません。準備会はともかく、設立申請のときには変更されるんですね」

いまさら、なにを言うのだろう、と驚きました。それまで法人の名前に「和枝」を入れることを隠していた覚えはありません。準備会の名称に「和枝」の名を使っているのですから、法人名にも引きつづき使うことは当然予測できたはずです。社会福祉主事講習、施設長の認定講習会も神奈川県を通し、「社会福祉法人和枝記念会設立準備委員会」の土志田として受講していました。それでも、クレームが来たことは一度もなかったのです。

神奈川県の言い分には愕然としました。

「施設は公のものです。個人名をつけて、私物化されると困るのです」

そんなふうに見られているのかと思うと、がっかりしました。

そもそも名称だけで好ましい、好ましくないを決めつけられるというのだろうか。大切なのは中身のはずです。個人名をつければ私物化し、個人名をつけなければ、私物化しないと決められるものではないでしょう。

他の指導なら、したがうように努力もしますが、これだけは聞くことはできません。和枝が生きているのなら、「和枝」の名前を使うことはない。しかし、「福祉の仕事をしたい」と望んでいた和枝が、自ら、その希望を実現することはできないのです。だからせめて名前を入れたいのです。

私は県の職員に必死で自分の気持ちを話しました。

しかし、神奈川県の指導は変わりません。今回、個人名を使った社会福祉法人を認めれば、今後も同様に個人名を使用した法人が現れることを危惧しているようです。私も調べましたが、確かに個人名をそのまま使った社会福祉法人は一件もありません。

一般的に考えれば、神奈川県の言うように、法人名称に個人の名を使用することは好ましいことではないのかもしれない。けれども和枝のことは、一般的なことではありません。今回の施設建設は国の犠牲となった和枝の遺志でなされるものなのです。

「どうしても、法人を私物化する恐れがあるとおっしゃるなら、私は、理事長、施設長などにつかなくてもよい。それでも、法人の名前は『和枝』にしたい」

私は吐き出すだすように告げました。

交渉はつづきます。

わかってもらえない歯がゆさといらだち。

会のメンバーも私に加勢してくれます。

「土志田さんは、法人を自分のものにしようなんて考えておりません。それどころか、将来、施設の充実発展のために遺産の一部を法人に寄付することも考えておられるのですよ」

しかし、この言動が一層、神奈川県の態度を硬化させることとなりました。

「そういうお考えこそが、私物化することにつながるのです」

私たちは言葉を失いました。どう言ってもわかってもらえない。

お役所というところは、一度だめが出ると、それを翻すことは容易ではないのです。「愛の母子像」建立のときにも経験しました。あのときも、とうとう最後まで碑文は認められることはなかった。

和枝は、自分ではなにもできないのだから、私が代わりにその遺志を形で現してやりたいと考えているだけなのです。

私は、「和枝記念会」を「カズエ福祉会」に譲歩してもいいと言いました。

けれども、それでもだめでした。

何度、交渉を重ねても平行線です。結局、県から最後通告がありました。

「どうしても指導を受け入れないのなら、土志田さんが理事長、施設長にならないことを認可条件としますよ。そういうことにならないように、いまの段階で法人名を変更いただくか、あなたが退くか、ご決断ください」

私がどのように受け止めようとも、監督指導の立場にある県の指導にさからうことができないことを自覚しました。そして、後者の道を選びました。

昭和六十三（一九八八）年三月三十日、ようやく神奈川県から法人設立認可書が交付されました。「社会福祉法人　和枝福祉会」の誕生です。私が譲歩したために、カタカナではなく、「和枝」の名前をそのまま残すことができました。

施設ができた

昭和六十三（一九八八）年十一月。

精神薄弱者通所授産施設「愛」開所（現在は、知的障害者授産施設に変更）。「愛」という文字は和枝の著書『あふれる愛に』のタイトル、そして「愛の母子像」にも使われています。和枝は子どもたちへあふれんばかりの「愛」を抱いていました。

和枝福祉会ができるまでの経緯はともかくとして、完成した建物を見るとうれしく思いました。鉄筋コンクリート一部二階建て。本館一階は玄関ホールと事務所になっています。中二階にはお風呂つきの更衣室がありパンを焼く部屋やクリーニング作業室があります。二階は、ミニコンサートができるように工夫されている食堂兼多目的ホールです。別館はトンガリ屋根のある平屋建て。二十人ほどが入れる喫茶店と売店になっています。

洗練された明るいたたずまい。

理事長、施設長にはならなかったが、これだけの施設ができ五十人もの知的障害者を受け入れることができるのだから、頑張ってやってきた甲斐があったと思いました。

理事長にはずっといっしょに準備を進めてきた三部功さん（故人）に、そして施設長には、研修でお世話になった幸陽園の事務長に急きょお願いしました。

開所の挨拶書に、私の名前がないためにこんなことを言う方もいました。

「あなたは施設を造っておいて、あとの運営は他の人にまかせて無責任ではないか」

つらい言葉でした。

よほど、開所式で神奈川県からの指導の経緯を説明しようかとも思いましたが、県にはこれからもお世話になります。ぐっとこらえました。

要職に就かなくとも、施設の仕事を行うことはできます。私は、和枝の闘病の間に体が不自由になる苦しさを目の当たりにしてきました。精神的なつらさ。肉体的なつらさ。学問的な福祉は、後の勉強で養いましたが、和枝がそれ以上のことを教えてくれています。

自分にできることをやろう。

社会福祉法人「和枝福祉会」

けれども、施設を造ったのは私でも、後の運営は公費で行われるということの意味を思い知ることになります。

開所式の翌日でした。出所したところ、職員の下足箱に私の名前が貼られた棚がなかったのです。どの職員の名前もあるというのに、なぜ私の名前だけがないのだろう。監事という職と、デスクは与えられましたが、見せてはもらえない書類もあります。監事は理事ではないのです。

理事長をお願いした三部さんもつらいお立場だったと思います。個人的には、あれこれ私に相談しながら運営されましたが、「土志田が施設を私物化すること」を懸念する神奈川県の意向には逆らうことはできません。

施設内の仕事にかかわれないことを察知した私は、ほかの仕事をしようと考えました。わが家の畑を授産の場として入所者に提供することは、当初から計画していました。野菜作りを始めることにしたのです。もともと農家の人間だった私にとって農作業は得意の分野です。

農作業について話し合うと、施設長も職員も、「無農薬」で栽培したいと考えているようでした。確かに、農薬は使わないにこしたことがありません。ただ、「無農薬」での栽培はどんな土地でも行えるものではないのです。その土地に関しても、低農薬ならともかく、いっさい使わないというのは無理だと思われました。が、職員らはどうしても「無農薬」にこだわりました。

結局、職員の意見どおり、「無農薬」で始めることになりました。入所者への農作業の指導も施設の指導員が行うといいます。神奈川県が、私の施設運営参加を快く思っていなかったため、現場の職員も私に対して、一線を置くようになっていました。彼らの給与をはじめ、施設の運営費のほとんどは公費で賄われるため、神奈川県とスムーズな関係を築きたいと考えるのはごく自然なことです。

しばらく経つと、畑は農薬を使用しないために手入れが追いつかず、草でぼうぼうの状態になってしまいました。横浜市からは、土地の所有者である私のもとに「手入れを行うように」との注意書が送られてきました。放置しておくこともできず、施設の職員と話し合いを行いました。

「私たちでは、管理しきれないので、この作業はやめることにします」

という返事でした。

畑は私に返されることとなりました。しかたなく、私が耕運機できれいにしましたが、入所者の授産の場にできず、残念な思いがしました。

こうして、私は、施設での自分の役割がどこにも見つからず、「愛」へ足が向かわなくなりました。

施設の仕事を自分の一生の仕事とするつもりで、家業の生花店は長男にまかせていました。彼には彼のやり方があります。すでに私の出る幕ではありません。

施設の仕事も、花屋の仕事もできず、私は、これから先、いったいなにをすればいいのだろうと悩みました。時間を持て余しました。

私は和枝の事故以来、走りつづけてきました。息つく暇もなかった。そんな私を気づかって和枝が「お父さん、休憩してね」と休みを与えてくれたのだと、考えるようにしました。

時間つぶしにと、近所の家の植木の手入れや草取りなど、頼まれるままに引き受けたり、施設に提供したのとは別の畑で野菜を作ったりする毎日となりました。

「私物化」とは無縁と認められて

しばらくは、農作業に精を出す生活をつづけました。せっかく和枝の遺志でつくった福祉施設の運営に参加できないことにさみしさを感じなかったといえばうそになります。しかし、「和枝」の名前の社会福祉法人が誕生し、和枝の意志による施設ができたことこそが、大きな意味のあることだと思うようにしていました。

福祉の専門家がそこで障害者のために尽力し、障害のある方たちは生きる意欲を見い出し仕事に励む。私はそれで満足としました。

しかし、二年ほどが経過したころ、私は再び福祉の仕事に参加することとなりました。きっかけは理事長を務めてくださった三部さんが病気で亡くなったことでした。後任には理事でもあり、うちの生花店の顧問経理士をしていた原田好仁さんにお願いすることになりました。原田さんは昔、交通事故にあって長い期間療養生活をされた経験があり、和枝の生前はなにかと励ましてくださった方です。愛の母子像や福祉施設の設立など、和枝のことでは「最優先に進めます」とおっしゃってくださっていました。

原田さんが理事長となると、理事会が、私に理事となって和枝福祉会にもどってくることを強く希望しました。私は引き受けることにし、足が遠のいていた「愛」にも理事会出席などの用事でまた訪れるようになりました。

その後、平成八（一九九六）年三月には原田さんから理事長を辞任したいという申し出がありました。後任の理事長を決めなければなりません。すると原田さんは言ったのです。

「次の理事長は土志田さんでいいじゃありませんか。和枝さんの遺志をご自身の誓いにかえて、私財まで投げ出して『愛』を造りあげたのは、ほかでもない土志田さんなのですから」

ほかの理事の方にも異論はありませんでした。この年の四月から地方分権の流れで、施設認可の管轄は県から市に移行することになっていました。横浜市はもともと、名称に「和枝」を使うことにも異論がありませんでした。

私は三部さんや原田さんの様子を見てきたので、理事長職の苦労もわかっていました。なにかあれば、施設の最高責任者として責任があります。かといって現場の仕事は現場の職員にしかわからないということもあり、理事長の意見を反映させるのも難しいことです。大変であることが想像できただけに、辞めたいという原田さんを引き留めるわけにもいかず、今度は私がやらせていただくべきだろうと思いました。和枝も、私が「愛」に深く関わることを望んでいるだろうと思いました。

一応、「三親等以内にあたる親族を理事長及び施設長に選任しない」とする確約書を提出していたので、神奈川県にもお伺いをたてました。なんと言われるか不安でしたが、今度は、あっけないほどあっさり、私が理事長に就任することは承認されました。設立からこれまでの運営の実績が評価され、「私物化」とは無縁の施設だとようやく認められたということかもしれません。

第七章

人の温もりにささえられ

和枝福祉会は社会に貢献しているよ

和枝が逝ったときに和枝と交わした三つの約束。事故の記録を残すこと。母子像を建立すること。和枝に代わって、福祉の仕事を行うこと。

長くかかってしまったが、すべて、果たすことができました。

和枝も喜んでくれているだろうか。

いつだったか、一度だけ和枝の夢を見たことがあります。言葉はかけてくれませんでしたが、天のほうからスーッと降りてきて、またおなじ方向に消えていきました。その顔は穏やかでした。おそらく、天国というところで、裕一郎、康弘、それに実の母親と仲良く暮らし、私のことをずっと見守ってくれているのだと思います。

社会福祉法人「和枝福祉会」の運営は順調に進みました。

「愛」の入所生が作業を行う場は六カ所に、またグループホームは八カ所になりました。グループホームとは、障害者の親御さんがいつまでも元気でいられるとは限らないため、将来の自立に向けて、アパートで共同生活を送れるようにと始めたものです。四人一組で生活しています。

作業の場はさまざまな方面に広がりました。

「愛」のなかにあるパン工場では修業をしてきた指導員のもと、小麦粉をこね、バターを練り、一人ひとりが真剣に、楽しそうにパンを焼いています。別館一階の「しろくまのパン屋さん」はいつも焼きたての甘くて温かいパンの香りに包まれています。調理パンも含めて五十種類もあり、値段も通常よりも二〜三割抑えているので、ほか四カ所の販売店も、午前中で売り切れてしまう盛況ぶりです。

一歳で亡くなった康弘は死の直前まで覚えたてのハトポッポの歌を歌っていました。その歌名にちなんで名づけた喫茶店「ハトポッポ」は「しろくまのパン屋さん」に併設しています。ハンドドリップでいれたコーヒーは香りも味も一級品です。店の仕事を行う知的障害のある彼らは一滴もこぼさぬように緊張した面持ちでカップをテーブルまで運んできてくれます。バターたっぷりのパウンドケーキやマドレーヌ、クッキーを目当てに地域の子連れママさんたちでいつも賑わっています。リース用の病院白衣、ホテルのピロケースの洗濯や、一人暮らしのお年寄りのお宅に届けるお弁当詰めや配達も手がけるようになりました。みんな、施設の仲間たちが一生懸命に取り組んでいるのです。

私は、時々「愛」に出かけますが、彼らの明るい笑顔と、謙虚で礼儀正しい姿にどれほど励まされていることかわかりません。

「こんにちは」

気持ちの良い挨拶で迎えてくれます。

十代の若者から五十代まで、男女年齢の幅はありますが、いつ行っても「愛」は和気あいあいとした空気に包まれています。現場の職員の明るく、きめ細やかな指導のおかげだと思います。私は入所生からすると、指導者ではないため、父親か祖父的な存在であるような気がします。みんな、私の顔を見かけると、人なつっこい笑顔を向けて近寄ってきてくれるのです。

グループホームで生活するなおちゃんもそんな一人です。「愛」開設以来の入所生で四十代の女性なのですが、私をみつけると「パパ！」と言いながら、駆け寄ってきます。なおちゃんは、開設翌年のバレンタインデーの日に職員を通して、私に小さなチョコレートを届けてくれました。そのとき、私はどの人がなおちゃんなのかよくわかりませんでしたが、翌月のホワイトデーにはお返しのチョコレートを職員に託して送りました。すると、あるとき、一人の入所生が私を見かけて駆け寄ってきたのです。それがなおちゃんでした。なおちゃんは私に言いました。

「私はお父さんがいないの。私のお父さんになって」

くったくのない笑顔を向けます。なおちゃんは、母親と二人暮らしでした。その母親もあまり健康ではないため、なおちゃんは、グループホームができてからは、最初の入所者となり月曜から金曜日までは夜間も指導員や仲間たちとすごすようになりました。土日だけ家庭にもどります。

「わかったよ。お父さんのようになろうね」

私は答えました。

あれからもう十年以上経ちますが、なおちゃんは現在も私を見かけると他の入所生に自慢するように、

「私のパパなんだ」

と、言うと私に抱きついてきます。

そんなとき、私は、なおちゃんの気持ちがうれしくそっと抱き返すのですが、いっぽうで、戸惑ってしまう自分もいます。彼女が女性であることをつい意識してしまうのです。素直になおちゃんの気持ちを受け入れてあげなければと反省もします。

もし和枝が私の立場だったなら、もっと積極的に心の援助を行うこともできるのだろう。私も真心のこもった親子のような関係を深めたいな、と考えているところです。

どんどん広がる輪

私は、和枝に代わって、和枝がやりたがっていたことを一つずつ成し遂げてくるうちに、い

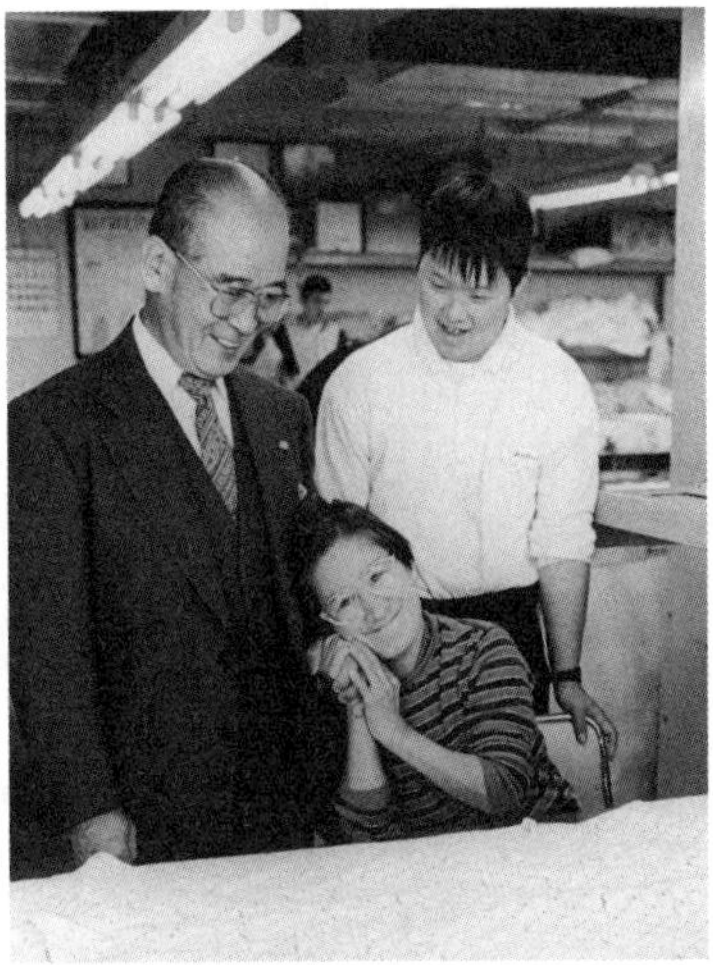

なおちゃんと握手。

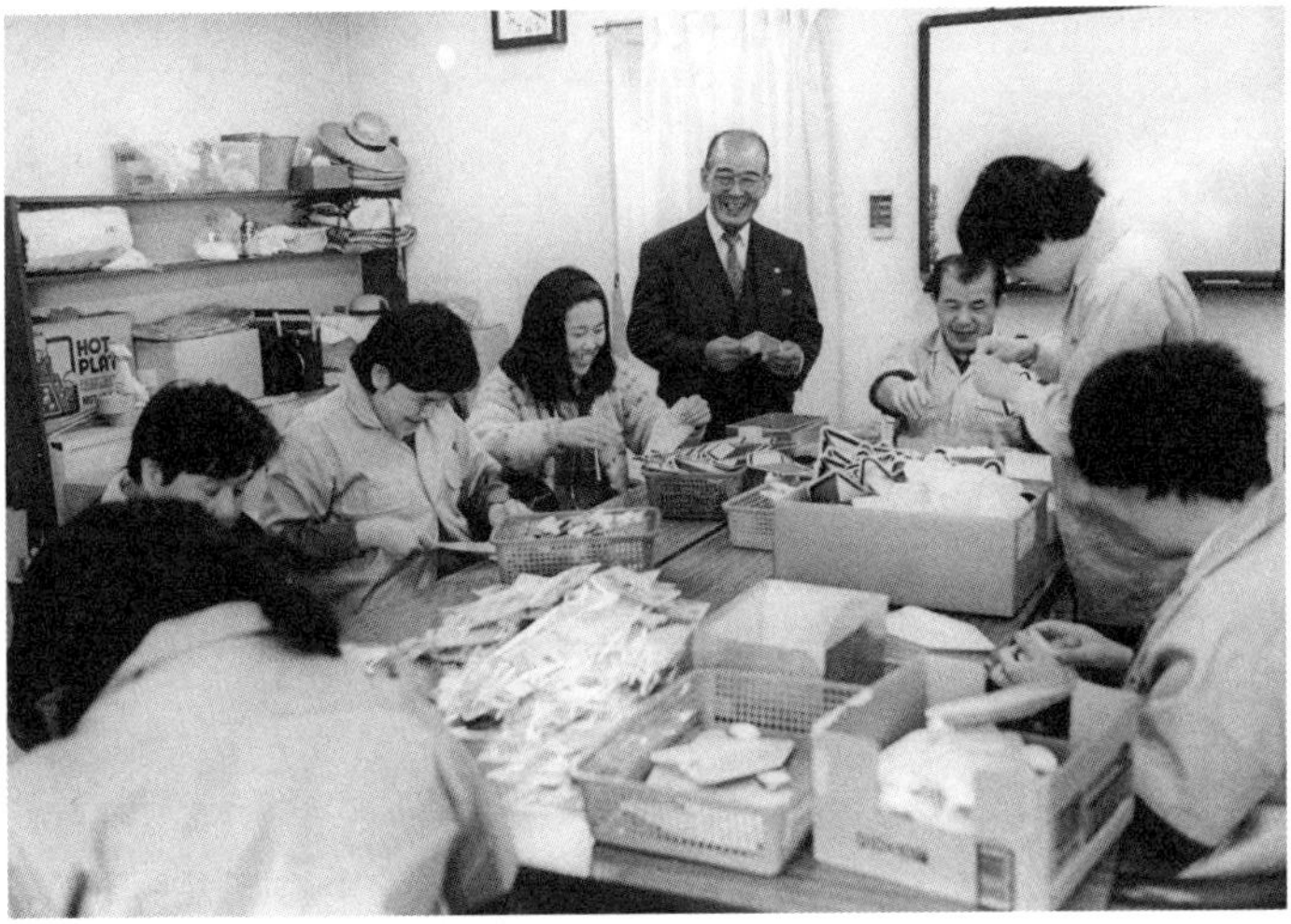

和枝福祉会で作業中の人たち。

つしか福祉の世界に入り、障害者の生活を見つめてきました。

授産施設の現実の姿もわかるようになってきました。本来は、社会に出るために職業訓練を受ける場として設けられている施設です。社会に出るための通過点となるはずのところなのですが、実際は社会の体制が障害者を受け入れてくれるほど整っているとはいえません。そのため、授産施設に一度入所すると何年もいつづける人が多いのです。なおちゃんのように、「愛」開設当時からいる入所生も少なくありません。たとえ社会に出ていっても、うまく順応できずもどってきてしまう人もいるのです。

そういう現実を知るにつけ、いまの世の中は、身体の健康な人が中心にまわっているのだな、と実感するようになりました。このことは、障害者だけでなく、高齢者にもいえることかもしれない……。


六十七歳のときでした。ある日、畑で作業をしていて、溝をひょいと飛んで渡りました。すると、クッキンという嫌な音とともに、鋭い痛みが足に走りました。

痛い、困ったな。なんとか、家にもどりましたが、接骨院に行くと「肉離れ」と診断されました。それまで自分の年齢を気にしたことなど一度もありませんでしたが、こんなくらいのことで肉離れしてしまうとは……、「年だなあ」としみじみと感じましたそうか、私もそろそろ高齢者の仲間入りなのか……。

折しも日本では、高齢化が社会問題となりつつありました。自分がすでに世間から「高齢者」と言われる年代になっていることに気づくと、急に高齢者の生活が気にかかるようになりました。

高齢者も障害者と同様、健康な人が中心の社会で、不自由な生活を強いられているのかもしれない、と思いました。私自身も溝を飛び越すくらいで、足を傷めてしまうのですから、いつ何時、病気やけがに襲われて、不自由な体になってしまうかわかりません。

もし、不自由な体になるようなことがあっても、健康なひとびとから隔離されるのでなく、いっしょに暮らせるような社会であってほしいと願います。

たまたま「高齢化社会をよくする虹の仲間」という地域のグループのスタッフが「愛」の施設見学に来られました。これもなにかの縁だと思い、仲間に入れていただくことにしたのです。

グループの人たちと話すうちに、高齢者、障害者と区別するのではなく、誰もが交流の持てる場をつくりたいという気持ちがふつふつと湧いてきました。

「愛」を開くときに、地元では反対運動が起こりました。普段、健常者と障害者が別々に暮らしていることが原因だと思われました。地域のひとびとにとって、障害のある人たちと交流する場がなかったために、障害者のことを理解できず「不安」を招いたのでした。

現に、「愛」がスタートして、喫茶店やパンの販売店で障害のある入所者の姿を見ていただくようになってからは、地域の方がたは、本当に温かく施設の存在を見守ってくださるようになりました。毎年、秋には「愛」のフェスティバルを行いますが、地域の商店会なども参加し盛り上がります。反対運動があったなどとは信じられないくらい、すっかり、地域密着型の施設になっています。

交流を持つことで、互いに理解を深められた結果だと思うのです。

健康な人も、障害のある人も、そして高齢者も、みんなで集える場ができれば、どれだけすばらしいだろう、と考えるようになりました。無農薬栽培に挑戦して、うまくいかなかった土地が遊んでいる状態で空いていました。二千平方メートルもある広い農地です。

みんなが憩える場をつくりたい。

身体にやさしい、ハーブがいっぱい育つ、ハーブガーデンを造ろう。

私は思いたつとすぐに耕運機で耕しました。最初は試験的に七種類のハーブを植えました。徐々に増やし、ハーブガーデンといえるほどのものに育ちました。ハーブガーデンの名称は、「和枝園」としました。私が体の不自由な方がたの生活について考えるきっかけをつくったのは、和枝だからです。

レモンバーム、ラズベリー……。通路を広めに確保したので、車いすを使う方にも来ていた

ハーブガーデン
和枝園
連絡先
社会福祉法人和枝福祉会
横浜市緑区北八朔町1777−6
TEL (045) 931−9595

ハーブガーデン「和枝園」。

だけるようになりました。

「和枝園」がスタートして三年が経過し、ハーブの種類も増えたころから、「愛」の授産の場にしようと提案しました。受け入れられ、毎日、「愛」から入所生らが通ってくるようになりました。

彼らが収穫したハーブを地域のひとびとが買いに来てくださいます。一部は、「愛」の「しろくまのパン屋さん」でパンやクッキーといっしょに販売します。

「和枝園」には地域の高齢者施設のお年寄りが団体で見学に来られることもあります。まさに、私の願ったとおり身体の障害に関わりなく、ひとびとの集える場となったのです。

「近づいてくると、良い香りが漂ってきて、心が和みますよ」

と言ってくださる方がいます。ブラックベリーやラズベリー、あまり町でみかけない実が手に入るからと、わざわざ遠方から買いに来てくださる方もおられます。

「愛」の入所生にとっては、自分たちが一生懸命、育て、収穫したハーブを喜んで買いにくる人がいるということは、大きな励みになっているようです。

高齢者施設を開く

「和枝園」が誕生してしばらくしてからのことでした。

まるで、私が高齢者の福祉について考え始めたことを知ったかのように、横浜市から重度重複障害者通所施設と高齢者ショートステイセンター、さらに診療所を併設した複合福祉施設の設立、運営の打診が和枝福祉会にありました。

複合福祉施設とは、障害者のための施設と高齢者のための施設を一つの建物のなかに造るというもので、これまでのように、高齢者、障害者という枠組みを取り払い、幅広い福祉の展開が期待されています。診療所を併設することにより、誰もが気軽に利用できる、地域福祉の拠点となっていくという構想です。

「誰もが気軽に利用できる」という発想には、大賛成でした。ただ、高齢者福祉に関しては、経験がなかったため、うまく運営できるだろうか、とも思いました。高齢者ショートステイセンターとは、介護者の疲労や、用事などで一時的に在宅介護ができなくなったときに、要介護者であるお年寄りをお預かりするための施設です。不安もありましたが、高齢化の進む今後、大切な役割を担っていくはずです。「高齢化社会をよくする虹の仲間」のメンバーにも励まされ、引き受けることにしました。

引き受ける、と言うのは一言ですが、規模の大きな施設だけに難しいこともありました。

建物の建設費の四分の一を社会福祉法人和枝福祉会で負担しなければならないのですが、もともと自己資金を持っていない団体です。「愛」の運営費は公費で賄われていますが、他には年に合計でも百万円前後の寄付金が集まるくらいで、社会福祉法人自体の収益というものはなにもありません。理事長も理事もまったくの無報酬で関わり、交通費などは、自己負担していました。

また、所帯が大きくなるほど、運営上にも気を配らなければなりません。複合福祉施設を造れば、和枝福祉会の職員は総勢百人ほどに増えるはずです。意思の疎通のしやすい環境を整え、特に「事故防止」には気をつけなければなりません。

施設にお預かりするのが、障害のある方、ご高齢で介護の必要な方のため、事故の起きる危険性はどうしても高くなります。昨年の秋で「愛」は十五周年を迎えましたが、ここまで無事故でやってくることができたのは、現場の職員が細心の注意を払ってくれているからだと感謝しています。が、より一層、気を引き締めていかなければ。

この複合福祉施設は、「若草」という名称で平成十一（一九九九）年五月にオープンしました。高齢者ショートステイセンターは、平成十二（二〇〇〇）年春から始まった介護保険の受け皿としても地域のお役に立つ存在となりました。

和枝福祉会が、こんなにつぎつぎと事業を広げていくことになるとは当初、考えてもいなかったことです。和枝の遺志を実現することだけを考えて創設したのです。それが、まるで川に投げ込んだ小石が周囲に広がりの波紋を描いていくように、私自身、まさかハーブガーデンを造ったり、高齢者のための施設を運営することになるとは夢にも思っていませんでした。

また、平成十二（二〇〇〇）年一月には東本郷地域ケアプラザを開きました。ケアプラザとは、福祉・保健に関する地域密着型の総合相談窓口です。横浜市では、中学校区に一カ所あります。在宅介護支援センターとしての機能も備えており、介護などに関する相談は、電話で二十四時間受け付けます。また、ボランティア講座や健康教室などを開催するほか、地域の福祉健康活動、交流の場として地域に貢献しています。

これらは当時の愛の施設長だった小形烈氏を中心に職員全員の努力の賜物と深く敬意を表したいと思います。

さらに、平成十七（二〇〇五）年四月には、みどりさくら保育園も開所されました。きっと、天国から和枝は微笑みながら、和枝福祉会の活動を応援し、見守ってくれていることでしょう。

支えてもらったことを忘れない

考えてみれば、和枝のおかげで、墜落事故以降、本来ならば出会うはずのないひとびととの出会いをたくさん経験しました。

世の中というものは不思議なものです。和枝は事故からの四年間、つらい悲しみの連続でした。その代価の幸せはあまり巡ってこなかったように思いますし、また周囲の人にはそれほどわかってもらえていないようでした。もっとも手助けをすべき防衛施設局、人の命を預かる病院からも見捨てられるように逝ってしまった。突然、和枝たちの頭の上に落ちてきた米軍ジェット機のパイロットたちからも、とうとう、詫びの一言もありませんでした。

しかし、関係の深い周囲の者は理解してくれなくても、日本中の見ず知らずの方がたより大きな励まし、声援、皮膚提供までいただきました。

和枝の生前、そして死んだあとも、どれほど多くの方がたに支えられてきたかわかりません。友人、知人、和枝のクラスメート、地域の方がた、次から次へとお顔が頭に浮かびます。見知らぬ方からもたくさんお手紙をいただきました。

相模原市にお住まいの岩崎恭子さんは東京新聞の記事を読み、皮膚提供を申し出てくださいました。アレルギー体質で、湿疹が出やすいとかで「こんな体質の皮膚でもいいなら」とご連絡くださいました。提供していただいた後、化膿しかけたため、週に二回の通院が一カ月ほどつづいたようです。お風呂に入れず、痛みもともなったそうですが、提供したことを後悔はしなかったとおっしゃいます。以来、ずっとおつき合いはつづいています。つい先日も、訪ねてきてくださいました。

藤原美登さんは、和枝の生前、現金のお見舞いを同封したお手紙を何度も何度も和枝に送ってきてくださいました。封筒には、「東京都練馬区　藤原」とあるだけなので、お礼を申し上げることもできません。十通ほどになった束を手に取り、和枝は「ありがたいご厚意ね」と言っていました。和枝の亡くなった後、どうしてもお礼を言いたくて、タウンページで練馬区の「藤原さん」に片っ端から電話させていただきました。新声社の高橋さんのおかげで、ご本人を見つけることができ、練馬に出かけてお目にかかることができました。

田中洋子さんは日野市内の保育園の園長先生でした。「愛の母子像」の建立を目指しているという新聞記事を読み、すぐさま手紙に一万円を同封してお送りくださいました。建立に役立ててほしいとのことでした。その後も、毎月、お給料のなかから一万円を積み立ててくださり、一年後には十三万円を送ってきてくださいました。思いがけないご厚意に驚き、じかにお目にかかってお礼を言いたいと思いました。職場をお訪ねすると、真心のこもった文面から察っするとおりの方でした。小学生と中学生のお母さんでもあり「あの事故のことを忘れないために、預金しました」とおっしゃってくださいました。

伊勢原市にお住まいの神崎啓子さんからも寄付をいただきました。訪ねて行き、お目にかかることができました。お茶を出してくださった後、座敷に右足を投げだして座られたので、「足、どうかされましたか」とたずねてみました。交通事故で大けがを負われたそうで、入院中に和枝の事故を知られたそうです。ご自分のことだけで精いっぱいでいらっしゃっただろうに、人のことまで考えてくださるやさしいお気持ちに感動しました。

海老名市の神崎峯子さんは、和枝の生前は面識のない方でしたが、亡き後の和枝の関係する写真を撮り続けてくださった方です。愛の母子像、和枝碑、和枝園の花や各種追悼行事など、ほとんどの行事を撮影していただいています。さすがプロ級の腕前のものばかりです。とくに母子像やバラなど、自信のあるものは立派な額に納めていただいたものも数点ありました。また、催事の準備にも率先しておいでくださっています。

なかなか、この忙しい世の中で人のことまで考えられるものではありません。

和枝が入院しているときでした。それほど遠くないところのガソリンスタンドで爆発事故がありました。報道によると、何人かの方が大やけどを負われたとか。とっさに「皮膚提供をしなければ」と思いました。しかし、忙しさにまぎれてしまい、結局はどこの病院におられるのか問い合わせることもなく日が流れていきました。そのときつくづく思ったのです。「皮膚提供」と口で言うのは簡単ですが、自らが行動するのは並大抵のことではないと。励ましの手紙を書いたり、寄付を送付することも同様です。頭で考えるほど簡単なことではないだろうと。「愛の母子像」建立、福祉施設設立に際しては、芸能人や政治家の方がたにも、ご支援いただきました。

歌手の雪村いづみさんとは、和枝の著書『あふれる愛に』を原作としたドラマの主題歌「い

木曜ゴールデンドラマになった「あふれる愛に」の製作発表。左から、主題歌を歌った雪村いずみさん、土志田、土志田役の小林桂樹さん、和枝役の丘みつ子さん。

としいあした」を歌われてからのおつき合いです。お忙しいのに、「愛の母子像」の除幕式のときも駆けつけてくださいました。ハーブガーデンに井戸を造るとき、そして複合福祉施設「若草」を開設するときには、チャリティーコンサートを開き、資金集めを手伝ってくださいました。

政治家の方がたも、政治の思惑とは別のところでご助力くださいました。

現在は引退されましたが、市議会議員だった丹野さんのご尽力のおかげで施設の仕事を始めることができました。

衆議院議員、伊藤茂さんは、事故現場の近くに住んでおられたこともあり、たびたびお力添えくださいました。政治家としてでなく、ご近所づき合いの延長といった感じです。母子像を建立したときには、当時の防衛庁長官だった加藤紘一さんに経緯を伝えてくださいました。政党は別ですが、郷里がごいっしょで親しくしておられたそうです。加藤さんは、お忙しい仕事の合間に母子像を訪れてくださいました。「私も四人の子がいますが、あの子たちが米軍ジェット機墜落という事故に遭い『バイバイ』と言いながら亡くなったとすれば、私は政治家を辞めたくなったと思いますよ」。そう言いながら、深く頭を下げ、和枝と裕一郎、康弘に祈りを捧げてくださいました。

どの方も、政党の一員としてではなく、個人的なこととして、和枝のことを考えてくださいました。本当に、うれしく思いました。

愛の母子像に献花する加藤紘一防衛庁長官（当時）。

平凡な暮らしのなかでは、人の好意ややさしさに触れても、その幸せに気づかないことが多いものです。私は最愛の娘和枝を事故で失い、この上ない不幸に遭遇しました。和枝のことがなければ、生花店の経営者としてそれなりに満足な人生を送ったことと思いますが、これほど、人の温もりに接することはなかったのではないだろうか。和枝と孫を亡くした不幸を棒引きできるものではありませんが、私の人生はある意味では幸せだったと言えるのかもしれません。

和枝が命をかけて、私に人の温もりを教えてくれました。

和枝の教えを、私は自分の心に刻むだけでなく、世の中に伝えなければと、ずっと走ってきたように思います。

もし、和枝が逝ったとき、悲しんで泣きつづけるだけだったら、私はいまごろ病気になってこの世にいなかったにちがいない。悲しみはなにも生みません。希望だけが未来を切り開くのです。悲しみと憎しみだけの人生にならず、本当によかったと思います。

事故からしばらくは、私は怖い顔をして怒ってばかりいたようですが、このところは温和な表情になったと人から言われます。

横浜防衛施設局、昭和大学藤が丘病院、国立武蔵療養所へのわだかまりがすっかり消えたといえば、嘘になります。が、あの米軍ジェット機墜落事故さえなければ、出会うことのなかった人たちです。どの人たちの行為も、悪意があったわけではなく、善かれと思いやってくださったことだと信じたい。信じよう、と思います。

慰霊碑を建てることができた

平成十一（一九九九）年、私はまた新しい仕事に取り組んでいました。ハーブガーデン「和枝園」の整備と和枝慰霊碑の建立です。

この年、薬害エイズの被害者の方がたの要望により、厚生省（現厚生労働省）玄関脇に「誓いの碑」が建立されるというニュースを耳にしていました。薬害根絶のための最善の努力を重ねていくことを国民に誓うものだそうです。私も母子像建立を防衛庁の敷地内にと強く望んだだけに、薬害エイズ被害者の方がたのお気持ちはよくわかりましたし、厚生省の決断には納得していました。といっても、いまさら和枝の碑が防衛庁敷地内に建立されるわけでもありません。

「和枝園」では、五年前から育ててきたラベンダーが、前年の夏から秋にかけての長雨により全体の八割が立ち枯れてしまいました。それまでも、ラベンダーは日本の高温多湿帯では育てにくいと承知し、北海道の富良野や河口湖畔のラベンダー園なども視察して工夫してきたのですが、ここは高原地帯とはあまりに気候が違うようです。

一時は横浜でのラベンダー作りはあきらめようかとも思いましたが、一度や二度の失敗であきらめるのは早い。もう一度挑戦しようと、さらなる工夫を積みました。そして、造園業者に依頼して土壌改良と排水工事を施し、ラベンダーも美しい花を咲かせるようになりました。ラベンダーだけでなく、ハーブの種類は百種以上となりました。敷地の三分の一を「愛」の分場として運営し、通所者十五人ほどが毎日通い農作業に励みます。

そして、私は、この「和枝園」の一角に、和枝の慰霊碑を建てることを決意したのです。港の見える丘公園の「愛の母子像」には『あふれる愛を子らに』という文字しか入れられなかった。が、やはり碑文をあきらめきれないのです。

和枝はとうの昔に死んでしまったのだから、いつまでも碑文にこだわるのは意味のないことかもしれない。しかし、ただの自己満足だとわかっていても、碑文にはこだわりたいのです。

数年前、山梨県に武田信玄の墓を訪ねたことがあります。その墓を見ながら「こういう風に形にしてこそ、後世に語り継がれていくのだな」としみじみ思いました。

「愛の母子像」は、碑文がないため、事故のことを知らない人には和枝たちの像であることはわかりません。

私は月に一度は「愛の母子像」へ花を捧げに行きます。港の見える丘公園の展望台の「彫刻の森」設置構想は立ち消えたため、いまもフランス山にあります。掃除をしていると、「これはなんの像ですか」と聞かれることも多い。私が生きている間は、私が語ることもできるが、いつか年月が流れていけば、和枝、裕一郎、康弘のことはこの世から忘れ去られるのではないだろうか。それは避けたい。和枝たちの事故とその思いを世に残し、より平和な社会になることを望む。そうでなければ彼らがこの世に生まれ、精いっぱい生きようとしながらも亡くなったことの意味がなくなってしまう。

平成十一（一九九九）年六月十三日、和枝の慰霊碑の除幕式の日となりました。待ちに待った日です。

十四年前の「愛の母子像」の除幕式の日と同様、空は気持ち良く晴れわたっています。

ついに除幕のときがきました。

白幕を、私や長男、数人で引きました。

高さ二メートルの小松石が現れる。「和枝碑」の文字とバラの花のモチーフが刻まれています。

和枝、見えるかい。

これまでお世話になってきたひとびとの拍手が「和枝園」に響きます。

碑文には、事故の経緯と和枝への思いを綴っています。

昭和五十二年（一九七七年）九月二十七日横浜市緑区荏田町二三二〇番地先に米海軍第七艦隊航空母艦ミッドウェイ所属戦術偵察機ＲＦ４Ｂファントム墜落せり　悲惨痛恨の極みなり　即土志田和枝長男裕一郎三歳　次男康弘一歳は事故の翌日相次ぎ死亡　母和枝は最愛の子らの死を知らされず看取ることもかなわず全身火傷の身を病院のベッドに横たえるのみ　以来四年四ヶ月心身両面にわたる闘病生活は筆舌に尽くし難くついに昭和五十七年一月二十六日未明死亡三十一歳

その後皆様のご厚意を支えとして和枝の意志を「あふれる愛」として発刊・「愛の母子像」の建立・障害者の通所授産施設「愛」の開設等に微力を盡す

このたびハーブガーデン和枝園を改修するにあたりここに慰霊碑を建立せしものなり

心より母の愛の尊さをたたえ永遠に平和であらんことを願うものなり

平成十一年四月吉日

和枝　父　土志田　勇　書

巻き添えに　帰れぬ永久の　旅に発つ

飛行機飛ばぬ　空に安らへ

母　土志田　ツ　ヤ

ハーブガーデン和枝園に建つ和枝碑。

この三トンもある石は、ずっとずっと永遠に、この地に残るはずです。碑の背後には、武田信玄の墓にもあった紅しだれ桜が根をおろしています。

ハーブガーデンには、色とりどりの美しい花が咲き、良い香りが漂います。

和枝の願いを語り継ぐ

今年、平成十七（二〇〇五）年七月の誕生日で、私も八十歳となりました。

耳が遠くなり、理事会で議長を務めることも困難になってきたので、平成十二（二〇〇〇）年九月に和枝福祉会の理事長を退き、会長となり現在に至っています。

私が和枝の事故のこと、和枝のことを語り継いでいくのにも限界もあります。が、いまも折に触れ、新聞などで和枝のことを記事に取り上げていただくのは、大変うれしいことです。

若い方たちが、関心を持ってくれていることも、大きな励みです。

各地の中学校や高校が、社会科授業の一環として事故現場を訪れてくれます。

事故現場を訪れた中学生や高校生は、さまざまな思いを抱き、考え、平和への願いを再認識してくれているのでしょう。文化祭によばれて、壇上から和枝たちのことをお話させていただく機会もあります。数百人の中学生や高校生は真剣に私の話に耳を傾けてくれます。

平成十七（二〇〇五）年一月十六日、「愛の母子像」建立二十周年の集会を行いました。「母子三人の願いを語り継ぐつどい」です。

思えば長いようで、瞬く間の二十年……。

おぞましい米軍ジェット機墜落からは、二十八年。

「愛の母子像」の前には、冷たい雨が降りしきるなか、百五十人もの方が集まってくださいました。そのなかには地元の中学生が大勢います。

彼女らは、自作の「ロックソーラン」を披露してくれるのです。振りつけを担当したのは、中学三年生の松本華奈さん。中学二年のときに、はじめて和枝たちの事故のことを知ったそうです。もっと自分たちの世代にも伝えたいという思いが募り、好きなダンスで平和への願いを込め、和枝たちのことを伝えていこうと考えてくれました。

中学生でつくるダンスチーム四十人。

彼女たちの熱気にあふれた踊り。それぞれの子の表情のなかに、

「私たちは忘れないよ」いうメッセージが込められているように感じます。

和枝がどれほど子どもたちを愛していたか……。

中学生らが「ロックソーラン」を演舞。

和枝がどれほど生きようと頑張ったか。

和枝や私がどれほど大勢の方がたに支えられきたか。

そして、なにより平和がどれほど大切なものであるか。

若い世代にも確実に伝わっていくのを感じました。


和枝、見てくれているね。

こんなに大勢の中学生が和枝たちの願いを胸に、雨のなかびしょ濡れになって踊ってくれているんだよ。

うれしいね、和枝。

お父さんも、まだまだ頑張るから、見守っていておくれ。

あの事故のことを風化させはしない。

これからも多くの人に知ってもらえるように、語り継いでいくよ。

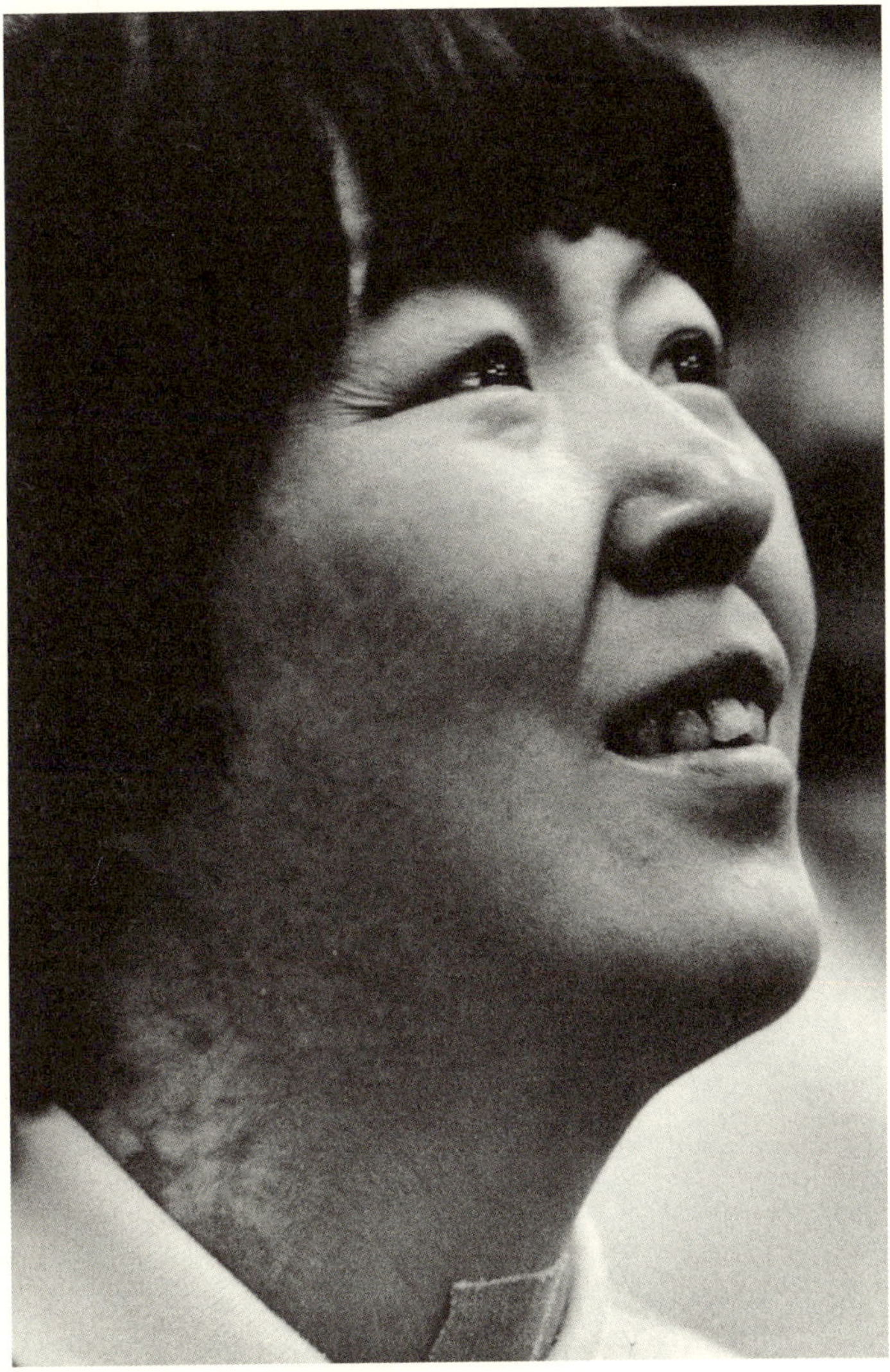

昭和56（1981）年2月4日撮影。

おわりに

和枝が生まれてからのこと、そして米軍ジェット機墜落事故からのこと、振り返ってみました。

これらのことを、運命だったと割り切ることなどできませんが、それでも大勢の方がたに感謝の気持ちでいっぱいです。

きっと、和枝や孫たちもおなじ思いだろうと思うのです。

苦難のなか、さまざまなことを成し遂げてきました。決して、私ひとりの力ではなく、常に大勢のあたたかなお気持ちに囲まれてきたからこそ、大きな力となったのです。どれだけ皆様に励まされたことでしょう。励ましていただいたからこそ、あきらめることなく継続してこられたのです。継続していれば、いろいろな道や光が見えてくることを、皆様方から教わりました。

心から感謝申し上げます。

先日、こんな新聞記事を目にしました。平成十七年二月の横浜市の記者会見で、ある記者が「愛の母子像」に碑文がないことについて現中田宏市長に意見を求めたそうです。東京新聞によると、中田市長は「違和感がある。(碑文のない)理由を聞いたとき、杓子定規だと思った」と答弁されたそうです。さらに一般論としたうえで、「価値判断を社会がみんなで避ける傾向があるが、あまりよくないのではないか。最大公約数の合意があれば、記念に碑があっていいと思う」とも……。

二十年も昔に建立した「愛の母子像」について、いまごろになってもなお「碑文」を設けたいと願う気持ちがくすぶる自分自身に対し、「なにをいまさら……」と思ういっぽう、中田市長の発言に「もしかしたら」と期待を抱く自分がいることも確かなのです。

いつまでも、いつまでも「和枝、和枝」と言いながら、活動しつづける私を世間の方はどう思っておられるだろう……、とふと思うときもあります。

ただの自己満足なのかもしれないなと。が、それでも善しとしよう……。

いまの日本では「平和」とは空気のような存在です。壊れてみて初めてそのありがたさや大切さを実感するのです。そういう意味では、米軍ジェット機墜落事故で娘と孫を失った私だからこそ、語れることもあり、「平和」への思いを語りつづけていく意味もあるのかもしれないと思うのです。

和枝のあふれんばかりの愛を、ひとつずつ形にし、さらにいま、これまでの経緯を出版させていただけるのは、私にとってこのうえない喜びです。

この書籍を通し、和枝のその後、そして和枝の願いを引き継いできた私のたどってきた経緯をご報告させていただきます。

本当にありがとうございました。

今後とも、どうかよろしくご支援くださいますようお願いいたします。

最後に、出版を働きかけてくださった評論家の佐高信さん、序文をお寄せくださった早乙女勝元さん、執筆をお手伝いくださった太田差恵子さん、資料を提供してくださった齋藤眞弘さん、そして出版を実現させてくださった七つ森書館のみなさんに心からお礼申し上げます。

平成十七年　夏

土志田　勇

土志田和枝　年譜

協力　横浜・緑区米軍機墜落事故平和資料センター　齋藤　眞弘　氏

昭和二十五年（一九五〇）

十二月十四日、和枝誕生。横浜市緑区（現・青葉区）しらとり台四一―一八に四人兄妹の長女として生まれる。四千グラムもある大きな赤ん坊だった。第二次大戦後間もないときでもあり、朝鮮戦争が始まった年でもあったため、平和の願いをこめて〝和枝〟と名づけられた。父・土志田勇は当時、農業を営んでいた。

昭和三十二年（一九五七）　六歳

横浜市立田奈小学校入学。おとなしくて親に面倒をかけない子だった。

昭和三十八年（一九六三）　十二歳

横浜市立田奈中学校入学。

昭和三十九年（一九六四）　十三歳

和枝の母親が病気で逝去。そのショックで沈む父・勇を見て「おとうさんによけいな心配をさせまい。これから私が妹のお母さんがわりになろう」と決心する。

昭和四十一年（一九六六）　十五歳

京浜女子大学付属高校に入学。教室では地味で目立たないタイプで、いつもみんなが騒いでいるのをニコニコしながら見ているほうだった。小学校、中学校、高校を通して成績は普通。家庭科は常に優秀な成績をおさめていた。

このころ、横浜市北部は田園都市線の開通と同時に、周辺の農家は転業する家が増え、父・勇も農家から生花店経営に転業する。四十歳を越えてまったくの素人から生花の仕事を始めた父を和枝はよく手伝った。

昭和四十四年（一九六九）　十八歳

三月に高校卒業して、四月から横浜洋裁学院に通う。

昭和四十六年（一九七一）　二十歳

三月に横浜洋裁学院を卒業して、朝日生命保険会社に入社するが、十月から父の経営する㈱青葉台ガーデンに転職。青葉台駅前の東急ストア内に開店した生花店の支店をまかされる。

昭和四十八年（一九七三）　二十二歳

十月十日、目黒雅叙園にて結婚式を挙げる。横浜市緑区（現・青葉区）荏田町での新生活が始まる。

昭和四十九年（一九七四）　二十三歳

八月二十四日、長男の裕一郎誕生。

昭和五十一年（一九七六）　二十五歳

三月二十八日、次男の康弘誕生。

昭和五十二年（一九七七）　二十六歳

九月二十七日、午後一時二十分ごろ、米空母ミッドウェーの艦載機ＲＦ４―Ｂファントム戦術偵察機が和枝宅近くに墜落炎上。全身やけどの五人の重傷者と四人の軽傷者が病院に運ばれる。和枝は重症で昭和大学藤が丘病院へ。裕一郎、康弘は全身血ダルマで青葉台病院へ。

二十八日零時五十分、裕一郎(三歳)「パパ・ママ・バイ・バイ」とつぶやきながら死去。

四時三十分、康弘(一歳)「ポッポッポー」と鳩ポッポの歌をかすかな声で歌いながら死去。

十月二日、和枝に父と夫が面会し初めて言葉を交わす。和枝の「裕一郎と康弘はどうしたの」との問いに「ああ、子どもたちは自衛隊病院にいるよ。だいじょうぶだ」と答える。

十一月、和枝、危篤状態を脱し、流動食が食べられるようになる。看視室から普通の個室に移される。三日より日記をつけ始める。

十二月、月初めから衰弱が強まり、危険な状態の連続。

昭和五十三年(一九七八)　二十七歳

一月、病院で新年を迎える。回復のきざしが見える。

日米合同委員会が「墜落事故の原因はアフターバーナー内部にあるライナーの組み立て不良」と発表。

三月一日、和枝に皮膚移植。父と夫の太モモから、それぞれ葉書大の皮膚を四枚ずつ取り移植した。

二十九日、東京新聞夕刊社会面で「和枝さんに皮膚をください」の記事が掲載され、同夜中に百八十七人の応募者が。

四月五日、藤が丘病院で応募者二十五名の皮膚を移植。

五月九日、応募者四十二名の皮膚を移植。手術の後、呼吸困難におちいる。

二十六日、ノドを切開してカニューレを挿

入。このため声が出せなくなり、筆談となる。

十月二十六日、和枝、十カ月ぶりに闘病日記を再び書き始める。

昭和五十四年（一九七九）　二十八歳

一月一日、青葉台の実家で新年を迎え三日に病院にもどる。

二十九日、和枝に二人の愛児（裕一郎、康弘）が事故直後に亡くなっていたことが知らされる。

二月三日、和枝、荏田の家で二人の愛児の遺骨と対面。

三月二十日、作家・早乙女勝元さんが惨劇の犠牲となった幼子と母親の思いを込めた絵本『パパ ママ バイバイ』を発刊。

六月十九日、一時退院。車椅子のまま青葉台の実家にもどり、通院生活に入る。

昭和五十五年（一九八〇）　二十九歳

四月、藤が丘病院に再入院してアキレス腱の手術を受ける。手術後通院生活。

七月十四日、神奈川県警が米操縦士らを横浜地検に書類送検。

九月二十六日、同じ墜落事故の被災者、椎葉寅生さん一家四人が事故の真相を求めて民事訴訟を起こす。

十二月二十六日、横浜地検が米兵の不起訴処分を発表。

昭和五十六年（一九八一）　三十歳

九月九日、藤が丘病院に再入院。

十二日、ノドのカニューレを抜き、縫い合わせる。これにより自由に話ができるようになる。

十月九日、整形外科の医師による心理療法を含むリハビリ始まる。精神的に不安定な状態におちいる。

十一月九日、藤が丘病院から退院。通院生活となる。

二十日、和枝、夫と離婚。

二十五日、病院から父・勇に和枝を精神科病院への転院を勧められる。

二十八日、肺炎を起こし、藤が丘病院に再入院。

父・勇、防衛施設庁職員立ち会いのもと、病院から再三の転院要請を受ける。やむなく精神科のある総合病院のいくつかを訪ね、入院を願い出るが不調。


十二月九日、痰が詰まって呼吸困難におちいり、ノドを切開し再びカニューレを挿入。

十七日、精神科だけの病院・国立武蔵療養所（東京・小平市）へカニューレを挿入のまま、半ば強制的に転院。

昭和五十七年（一九八二）　三十一歳

一月一日、武蔵療養所で新年を迎える。

二十二日、武蔵療養所へ藤が丘病院の医師が来て、ノドのカニューレを抜く。

二十四日、夜九時すぎに呼吸困難におちいり、夜半に危篤状態となり自発呼吸停止。

二十五日、意識不明の危篤状態つづく。午後三時すぎ、藤が丘病院の医師が武蔵療養所に来て家族に「もはや回復の見込みはありません」と説明。

二十六日、午前一時四十五分、心因性の呼吸困難で死亡。三十一年一カ月の生涯を閉じる。
二十六日、青葉台の土志田家で仮通夜。
二十七日、荏田の家で本通夜。
二十八日、荏田の家で本葬。
五月二十日、和枝の日記を基調とした書籍『あふれる愛に』を新声社より発刊。著者は土志田和枝。

昭和五十八年（一九八三）

三月十日、日本テレビが闘病中の和枝を主題にしたドラマ「あふれる愛に」を放映。
十二月四日、日本テレビが母子像建立で模索する父・勇の姿を描いたドキュメント「ファントムと母子像」を放映。

昭和六十年（一九八五）

一月十七日、「愛の母子像」建立除幕（横浜・港の見える丘公園）。新種のバラ「カズエ」が披露される。

昭和六十二年（一九八七）

三月四日、米軍機墜落事故椎葉裁判、横浜地裁で勝利判決。同十七日判決確定。

昭和六十三年（一九八八）

十一月一日、緑区北八朔町に社会福祉法人和枝福祉会「愛」開所。知的障害者の授産施設として活動開始。同日、父・勇が『愛のばらカズエ』出版。

平成七年（一九九五）

四月七日、父・勇が鶴見川の上流、恩田川のほとりにハーブガーデン「和枝園」を開園。知的障害者の作業場として、市民の憩いの場として、活用が始まる。

平成十一年（一九九九）

六月十二日、父・勇が和枝の慰霊碑「和枝碑」をハーブガーデン「和枝園」に建立除幕。

平成十四年（二〇〇二）

一月二十五～二十七日、〝土志田和枝さんが逝って20年〟「米軍機墜落事故平和資料展」（神奈川電力労働者会館）

平成十五年（二〇〇三）

九月二十七日、「和枝碑」前で地元の中学生らが和枝母子を悼みロックソーラン演舞。

平成十六年（二〇〇四）

三月十四日、「愛の母子像」を訪ねるつどい開催。中学生らがロックソーランを演舞。

九月二十六日、「和枝さん母子の願いを語り継ぐつどい」ハーブガーデン「和枝園」で開催。

平成十七年（二〇〇五）

一月十六日、「愛の母子像」建立二十周年・「土志田和枝さん母子の願いを語り継ぐつどい」を、横浜・港の見える丘公園で開催。

写真提供

四四ページ……………………………徳永克彦
四六ページ……………………………高橋信壹
六一ページ……………………………共同通信社
六七・一四三・二四九・二五一ページ……内藤嘉利
一八五・二二三・二二九ページ………平井康嗣
一八九ページ…………………………神崎峯子
二二五ページの二点…………………柿沼隆

＊本書に収録するために、二八年前の写真を掘り起こして掲載させていただきましたが、写真提供者にご連絡がとれなかった方もいらっしゃいます。本書をご覧になってお気づきの方は、ご一報いただければ幸甚です。

七つ森書館編集部

「あふれる愛」を継いで
米軍ジェット機が娘と孫を奪った

2005年9月27日　初版第1刷発行

著者©　土志田　勇

発行者　中 里 英 章

発行所　七つ森書館
東京都文京区本郷3−13−3　三富ビル
電話　03−3818−9311　振替　00170−1　37996
URL　http://www.pen.co.jp/
Email　nanatsumori_mail@pen.co.jp

印刷製本　ローヤル企画

定価1800円＋税
落丁，乱丁のさいは，お取り替え致します。

ISBN4−8228−0507−7　C0036